Fiches brevet 3e

L'épreuve orale

Cécile Gaillard
Isabelle Provost
Professeurs d'histoire-géographie

Laure Péquignot-Grandjean
Professeur de français et de théâtre

Hélène Ricard
Matthieu Verrier
Professeurs de français

 – ISBN : 978-2-401-09458-1

Hatier

Crédits iconographiques

Intérieur

93 Image : © Museum of Modern Art, San Francisco donation Elise S. Haas. Œuvre : © Succession H. Matisse. • 95 ph © Boltin Picture Library/Bridgemanart/© Adagp, Paris 2019 • 97 ph © Bridgeman Art Library • 99 ph © Shutterstock • 102 h© Kröller-Müller Museum, Otterlo/© Adagp, Paris 2019 • 102 b ph © Archie Ballantine - Wikipedia • 103 Coll. Dixmier/Kharbine-Tapabor • 105 © Roy Export S.A.S • 107 ph © La Collection/Artothek/© Succession Picasso, Paris 2019 • 111 Coll. Christophel • 113 © Paluel Marmont • 114 h Coll. Centre d'Histoire de la Résistance et de la Déportation © Editions Gallimard • 114 m ph © Photothèque R. Magritte/© BI, Adagp, Paris, 2019 • 114 b ph © Guillaume Piolle - Wikipedia • 115 ph © Collection Artedia/V. Bodiansky Wogenscky Andre/Leemage/Architecte Le Corbusier/© FLC/© Adagp, Paris 2019 • 117 ph © Laurent Sully Jaulmes/Les Arts Décoratifs, Paris/© Adagp, Paris 2019 • 121 ph © Bridgeman Art Library/© Adagp, Paris 2019 • 123 © Smithsonian American Art Museum/Art Resource/Scala, Florence © Estate of Nam June Paik • 125 © Yves Marchand et Romain Meffre • 128 h © The Metropolitan Museum of Art, New-York/© Adagp, Paris, 2019 • 128 b ph © Bridgeman Art Library/© Adagp, Paris, 2019

Dépliant

I Image : © Museum of Modern Art, San Francisco donation Elise S. Haas. Œuvre : © Succession H. Matisse. • II ph © Shutterstock • III © Roy Export S.A.S • IV ph © La Collection/Artothek/© Succession Picasso, Paris 2019 • V ph © Bridgeman Art Library/© Adagp, Paris 2019 • VI © Smithsonian American Art Museum/Art Resource/Scala, Florence © Estate of Nam June Paik • VIII ph © Robert Doisneau/Gamma - Rapho • IX ph © www.bridgemanimages.com • X ph © Fine Art Images/Heritage Images/Getty-Images • XI-XII ph © Bridgeman Art Library • VXI-XII hg ph © Keystone-France/Gamma - Rapho • XI-XII hd/bg ph © Bridgeman Art Library • XI-XII bd ph © Ministère de la Culture-Médiathèque du Patrimoine/Henri Baranger/Dist. RMN

Conception maquette : Favre & Lhaïk
Mise en pages : STDI
Illustrations : Juliette Baily, Dorothée Jost
Édition : Anne Fontvieille
Iconographie : Hatier illustration

PAPIER À BASE DE FIBRES CERTIFIÉES

Hatier s'engage pour l'environnement en réduisant l'empreinte carbone de ses livres. Celle de cet exemplaire est de : 650 g éq. CO_2
Rendez-vous sur www.hatier-durable.fr

Achevé d'imprimer par Clerc à Saint-Amand-Montrond - France
Dépôt légal : 09458 - 1/01 - janvier 2023

Comprendre et réussir l'épreuve : généralités

Réaliser et présenter son stage

Réaliser et présenter un projet interdisciplinaire

Présenter un objet d'étude d'histoire des arts

Dépliant et couverture

- Six œuvres clés
- Deux exemples de projets
- Présenter une œuvre d'art en s'appuyant sur un diaporama

- L'épreuve orale en schéma
- Se préparer efficacement

Complète tes révisions **EN LIGNE**

Grâce à cet ouvrage, tu peux accéder gratuitement* à toutes les ressources de 3e du site annabac. Rendez-vous dans la rubrique « J'ai acheté un ouvrage Hatier ».

1 Clique sur le thème de ton choix pour avoir accès à **un parcours de révision personnalisé**

2 Consulte le **cours en ligne**, les **fiches audio** et les **vidéos**

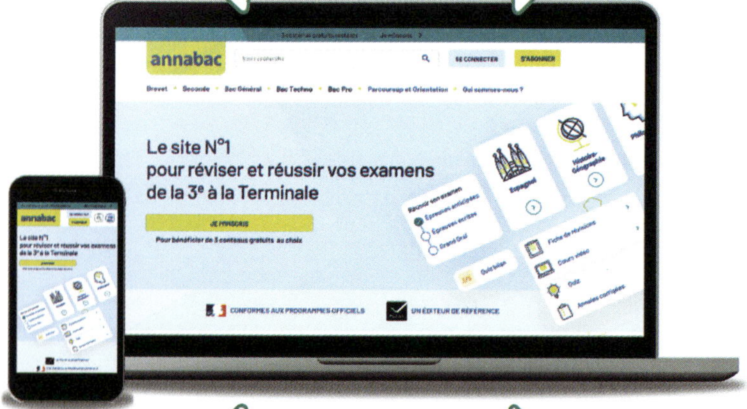

3 Entraîne-toi avec les **sujets d'annales** et consulte les corrigés pour t'auto-évaluer

4 Vérifie tes connaissances avec les **quiz**

** Selon les conditions précisées sur le site*

Comprendre le contenu de l'épreuve

1

L'épreuve orale du brevet est notée sur 100 points, soit un quart de la note totale des épreuves finales. En quoi consiste-t-elle exactement ?

1 Le déroulement de l'épreuve

▶ L'épreuve orale du DNB se déroule dans votre collège, au troisième trimestre de l'année de 3ᵉ. Les membres du jury sont des professeurs de l'établissement.

▶ L'épreuve est composée d'**un exposé, suivi d'un entretien** avec le jury. Elle peut être passée **seul(e) ou à plusieurs** (au maximum trois candidats).

	exposé	entretien
un candidat	5 minutes	10 minutes
deux ou trois candidats	10 minutes	15 minutes

▶ Si vous passez en groupe, le temps de parole doit être réparti équitablement : chaque candidat doit pouvoir s'exprimer et répondre aux questions du jury (→ FICHE 11).

2 Que faut-il présenter ?

A Un objet d'étude ou un projet

▶ C'est à vous de choisir ce que vous souhaitez présenter :

- soit un **objet d'étude** abordé dans le cadre de l'enseignement d'histoire des arts,
- soit un **projet** mené au cours du collège dans le cadre des EPI ou d'un parcours éducatif (parcours Avenir, parcours citoyen, parcours éducatif de santé, parcours d'éducation artistique et culturelle).

▶ Si le projet choisi relève de la thématique « Langues et cultures étrangères ou régionales », une partie de l'exposé peut se faire dans une autre langue que le français, à condition que celle-ci soit enseignée dans votre collège.

CONSEIL PRATIQUE

Le chef d'établissement vous consultera dans l'année sur vos choix : intitulé et contenu du projet réalisé, thématique de l'EPI et/ou parcours éducatif concerné, matières impliquées, passage seul(e) ou en groupe, présentation en français ou en langue étrangère…

B Une démarche, et non un résultat

▶ Ce n'est **pas le projet lui-même** qui sera évalué mais ce que vous avez appris grâce à lui et votre capacité à le présenter de manière claire. Vous pouvez montrer ce que vous avez réalisé (vidéo, diaporama, enregistrement…) mais seulement en appui de votre exposé.

▶ Renseignez-vous pour savoir si vous disposerez d'un vidéoprojecteur ou d'un tableau numérique le jour de l'oral. Si c'est le cas, vous pouvez préparer un court diaporama pour illustrer votre présentation (→ FICHE 7 ET RABATS IV-V).

3 *Quelles sont les attentes du jury ?*

▶ L'épreuve est notée sur **100 points**.
- Maîtrise de l'expression orale : 50 points.
- Maîtrise du sujet présenté : 50 points.

Votre façon de vous exprimer est donc aussi importante que ce que vous dites. Dans le cas d'une présentation en groupe, chaque candidat est noté individuellement.

ASTUCE **Pour vous aider à vous exprimer en public malgré le trac, reportez-vous aux fiches 9, 10 et 13.**

▶ Votre **maîtrise de l'expression orale** est évaluée en fonction de :
– votre capacité à vous exprimer devant plusieurs personnes et à échanger avec elles de manière constructive ;
– votre vocabulaire, qui doit être correct, précis et varié ;
– votre aptitude à exprimer votre avis et vos sentiments.

▶ Votre **maîtrise du sujet présenté** est évaluée en fonction de :
– l'organisation de vos idées et le plan de votre exposé ;
– la conception et la réalisation du projet ;
– votre capacité à formuler un avis critique et argumenté sur une œuvre ou sur votre projet (déroulement, résultat, difficultés rencontrées…)

▶ L'utilisation d'outils numériques sera valorisée (mais vous ne serez pas pénalisés si vous n'en utilisez pas).

Présenter un projet dans le cadre du parcours Avenir

2

Le parcours Avenir est l'un des quatre parcours dans lesquels votre projet peut s'inscrire. Il vous permet de préparer vos études et de comprendre le monde professionnel.

1 *Anticiper pendant l'année*

▶ Choisir de présenter son parcours Avenir implique que vous ayez déjà **une idée assez précise de vos choix d'orientation**. Vous allez devoir montrer comment votre découverte du monde professionnel vous a aidé(e) à déterminer quelles études et quel métier (ou secteur d'activité) vous intéressent.

> CONSEIL **Si vous n'avez aucune idée sur votre orientation et que vous avez choisi votre stage de 3e au hasard ou par défaut, ce parcours n'est pas fait pour vous.**

▶ Gardez une trace de **toutes les démarches effectuées** (visites, forums, conférences, rencontre avec des salariés…), les coordonnées des professionnels rencontrés et ce que chacun vous a appris.

▶ Apportez un soin particulier à l'élaboration de votre **rapport de stage de 3e** (→ FICHES 16 ET 20) : il vous sera très utile pour préparer votre présentation orale.

2 *Faire un bilan du projet*

A Se poser les bonnes questions

Pour faire le bilan de votre parcours Avenir, listez-en toutes les étapes et **posez-vous les bonnes questions.**

▶ Quelle **étape** de votre parcours a été décisive dans votre choix d'orientation (stage, rencontre avec un professionnel…) ?

▶ Qu'avez-vous appris sur les différents **métiers** rencontrés ? Correspondent-ils à l'idée que vous en aviez ? Quels sont leurs avantages et leurs inconvénients ?

▶ Quelles sont les **compétences** requises pour le secteur d'activité qui vous intéresse ? Quelles études sont nécessaires ?

▶ Est-ce que votre **choix d'orientation** a été renforcé par votre stage et vos recherches, ou avez-vous changé d'avis ? Pourquoi ?

B Un outil utile : le portail Folios

▶ Le **portail Folios**, mis en place par l'ONISEP dans chaque académie, vous permet de recenser toutes vos actions liées au parcours Avenir, à l'adresse https://folios.onisep.fr.

▶ Ce portail est pratique car **les fichiers restent disponibles pendant toute votre scolarité**, y compris au lycée.

À quoi sert le portail FOLIOS ?

Construire son parcours
- Stocker des informations : profil, CV, documents.
- Faire le point sur vos centres d'intérêt, vos atouts, vos projets professionnels.
- Garder une trace de toutes les activités effectuées au collège.

Communiquer
- Partager des documents via un groupe de travail.
- Discuter avec vos enseignants.

S'informer
- Accéder à des activités pour l'orientation et à des activités culturelles et artistiques proposées par votre académie.
- Recueillir de la documentation sur les métiers et les études.

3 *Présenter efficacement un projet du parcours Avenir*

▶ Vous serez d'abord jugé(e) sur votre capacité à vous exprimer et à présenter votre projet.

▶ Vous devrez mettre en avant **la logique du parcours**, le lien entre vos expériences (stages, projets, visites, rencontres…) et votre projet d'orientation ou projet professionnel.

▶ Vous pouvez organiser votre présentation en trois temps :

I. Résumez votre parcours (vos démarches, votre stage, etc.).

II. Présentez le secteur d'activités qui vous intéresse, les différents métiers, leurs avantages et inconvénients…

III. Expliquez quelle orientation vous envisagez finalement et justifier ce choix.

▶ Pendant l'entretien, le jury voudra vérifier **votre implication** et voir ce que vous avez appris : montrez que vous avez été acteur ou actrice de votre parcours.

Présenter un projet dans le cadre du parcours artistique et culturel

3

Le parcours d'éducation artistique et culturelle est l'un des quatre parcours dans lesquels votre projet peut s'inscrire : œuvre réalisée en arts plastiques, pièce de théâtre, spectacle musical, court métrage…

1 *Anticiper pendant l'année*

▶ Comme pour tout projet, il faut avoir l'épreuve orale à l'esprit dès le début de l'année. Pour cela, **tenez un journal de bord** (→ FICHE 24). Il doit vous permettre de vous souvenir du déroulement du projet et de l'évolution de votre état d'esprit.

▶ Photographiez ou filmez régulièrement votre travail ou celui de la classe, afin de pouvoir **illustrer les différentes étapes de la création**. Si vous présentez le projet à un public, interrogez les spectateurs sur leurs impressions, prenez des notes et faites-en le compte rendu.

▶ **Gardez une trace** de toutes vos activités et découvertes artistiques (artistes, mouvements, musées…) pour montrer au jury que vous avez enrichi votre culture artistique. Vous pouvez par exemple utiliser l'application *Folios* (→ FICHE 2).

2 *Faire un bilan du projet*

A Réception par le public

▶ Tirer le bilan d'un projet artistique, c'est d'abord évaluer la manière dont il a été reçu.

▶ Pour cela, formulez clairement **les sentiments et idées que vous avez voulu exprimer** et partager à travers votre œuvre, puis comparez-les aux réactions des spectateurs.

▶ Cette confrontation vous permettra ensuite d'**évaluer la réussite de votre projet.**

> L'œuvre a-t-elle été perçue comme vous le pensiez ?
> Quelles ont été les réactions du public ?
> Quels aspects de l'œuvre ont le plus étonné ?

B Bilan personnel

▶ Dans un second temps, vous devez **évaluer le projet de votre point de vue** en identifiant les aspects positifs et négatifs.

Le résultat correspond-il à l'idée que vous en aviez au début ? Quelles difficultés avez-vous rencontrées ?

▶ Comme pour tout projet, il est attendu que vous ayez acquis de **nouvelles compétences et connaissances** qu'il faudra mettre en valeur à l'oral.

Vous avez expérimenté une nouvelle technique pour composer de la musique : présentez et expliquez vos explorations. Quels artistes ou mouvements avez-vous découverts ? Quels lieux culturels avez-vous visités ?

▶ Réfléchissez également à **ce que le projet vous a appris sur vous-même** : vous vous êtes découvert un nouveau talent ou une nouvelle passion, un goût pour le travail en groupe…

3 *Présenter efficacement un projet du parcours artistique et culturel*

▶ L'épreuve orale n'évalue pas la qualité de votre production mais votre prestation orale et votre capacité à participer à un projet, à présenter le travail réalisé et à en tirer un bilan.

▶ Commencez par préciser **pourquoi vous avez choisi de présenter ce projet** : que vous a-t-il apporté ? Vous êtes-vous particulièrement impliqué(e) ?

ASTUCE Essayez de rendre votre prestation la plus concrète possible : si la création est transportable, apportez-la. Sinon, présentez un extrait vidéo, des photographies…

▶ Il faut ensuite **expliquer la démarche de création** que vous avez adoptée. Pour cela, présentez ce qui vous a inspiré ou influencé et expliquez comment vous avez découvert tel artiste, telle technique…

▶ Vous devez être capable de **justifier vos choix artistiques.**

Dans le cas d'une œuvre picturale, parlez des couleurs, des formes, de la lumière que vous avez choisies et expliquez pourquoi.

▶ Le jury appréciera particulièrement que vous soyez capable de faire des liens en expliquant **la place du projet dans votre parcours.** Si le projet a eu lieu en 5e ou en 4e, faites des liens avec ce que vous avez appris depuis ; s'il a eu lieu en 3e, montrez comment ce que vous avez appris dans les années antérieures vous a préparé(e) à ce projet.

Présenter un projet dans le cadre du parcours citoyen

4

Le parcours citoyen est l'un des quatre parcours dans lesquels votre projet peut s'inscrire. L'objectif du projet mené dans ce cadre est de vous préparer à devenir des citoyens responsables, libres et engagés.

1 *Anticiper pendant l'année*

▶ Un projet du parcours citoyen porte sur **les principes ou valeurs de la République** (égalité, laïcité, développement durable, éducation aux médias…). Il vous permet de faire preuve d'esprit critique ou d'engagement.

▶ Notez toutes les activités en lien avec le projet dans votre journal de bord (→ FICHE 24) : documentaire visionné en classe, rencontre avec des associations, etc. Conservez bien tous les documents utilisés.

▶ **Soyez curieux(-se)** : intéressez-vous à l'actualité et aux enjeux liés à votre projet (solidarité, développement durable…).

2 *Faire le bilan du projet*

Pour faire le bilan du projet, relisez votre journal de bord et **posez-vous les bonnes questions.**

▶ Pourquoi avez-vous choisi ce projet plutôt qu'un autre ? Quelles **valeurs** défend-il ? Pourquoi les trouvez-vous importantes ?

> Vous avez participé à la mise en place d'un jardin partagé : vous avez aimé contribuer à la vie de votre quartier et vous engager dans une démarche de développement durable et de solidarité à l'échelle locale.

▶ Quelle place le projet a-t-il dans votre parcours ? Quelles étapes du parcours vous ont préparé(e) à faire ce projet ?

> Vous avez par exemple visionné un film sur les locavores en classe de 5e, participé à la Semaine du climat en 4e, avant de réaliser un jardin partagé en 3e.

▶ Quelles **démarches** avez-vous effectuées ? Selon quel planning ?

> Exposez les différentes étapes de la réalisation du jardin : choix d'un emplacement, rencontre avec la mairie, rédaction de la charte d'usage, séances de jardinage…

▶ Quelles **difficultés** avez-vous rencontrées ? Comment les avez-vous surmontées ?

Comment avez-vous contacté les partenaires du projet ? Cela a-t-il été facile ? Avez-vous eu des difficultés à réunir le financement ?

▶ Quelles **compétences** avez-vous travaillées ? Quelles **connaissances** avez-vous acquises ? Quel **résultat** avez-vous obtenu ?

Vous avez pris conscience des enjeux du développement durable et avez changé vos habitudes (tri des déchets, réduction du gaspillage...). Peut-être avez-vous pu sensibiliser votre famille ou vos amis à la protection de l'environnement ?

3 *Présenter efficacement un projet du parcours citoyen*

A Organiser son exposé

▶ Pour présenter efficacement un projet de ce type, vous devez :
– faire part de l'**intérêt** que vous portez au sujet ;
– retracer les **étapes** du projet ;
– expliquer les **difficultés** rencontrées et les **solutions** trouvées ;
– faire le **bilan** de l'expérience et de ce que vous avez appris.

▶ Vous pouvez par exemple structurer votre développement en trois parties :

I. Présentation du projet
- présentation des objectifs
- réflexion sur l'utilité (sociale, environnementale...)

II. Déroulement du projet

III. Bilan du projet
- objectifs atteints, difficultés rencontrées, améliorations possibles
- bilan personnel

ASTUCE **Mettez en avant votre implication et votre attitude volontaire et engagée.**

B Anticiper l'entretien

▶ Durant l'entretien, le jury va chercher à comprendre **votre rôle exact dans le projet** mais aussi **ce que vous en avez retenu en tant que citoyen(ne)**.

▶ Vous pouvez être amené(e) à répondre à des questions telles que :
- Ce projet peut-il être reconduit ? Le conseilleriez-vous aux prochains élèves de Troisième ? Pourquoi ?
- Avez-vous gardé des contacts avec les partenaires du projet ?
- Quelle est la valeur la plus importante à vos yeux dans ce projet ? Pourquoi ?

Présenter un projet dans le cadre du parcours éducatif de santé

5

Le parcours éducatif de santé est l'un des quatre parcours dans lesquels votre projet peut s'inscrire. Il relève de la protection de votre santé ou de la prévention des conduites à risque.

1 *Anticiper pendant l'année*

▶ Dans votre journal de bord (→ FICHE 24), listez précisément toutes les activités en lien avec ce thème auxquelles vous avez participé. Notez aussi les chapitres du programme de collège qui peuvent s'y rapporter.

▶ Si des personnes extérieures au collège interviennent dans le cadre du projet (associations, professionnels, etc.), **montrez-vous attentif(-ve) et curieux(-se)** : posez des questions afin de collecter un maximum d'informations.

Si vous avez participé à une formation aux premiers secours dans votre établissement, vous devrez pouvoir expliquer son déroulement mais aussi présenter les différentes façons de se former.

2 *Faire un bilan du projet*

A Se poser les bonnes questions

Pour faire le bilan de ce type de parcours, relisez votre journal de bord et **posez-vous les bonnes questions.**

▶ **Pourquoi avoir choisi ce projet** plutôt qu'un autre ? En quoi vous êtes-vous senti concerné ? Quelle place occupe-t-il dans votre parcours ?

Un projet sur l'addiction aux jeux vidéo vous a paru important car certains de vos camarades sont concernés par ce problème : vous espérez que votre exposition au CDI a touché un maximum de collégiens et même leurs parents.

▶ Quels sont les **objectifs** fixés par le projet ? Pourquoi les trouvez-vous importants ? D'autres sujets vous semblent-ils importants à aborder ?

L'exposition présente le processus d'addiction, ses différentes formes et les moyens de s'en sortir. Le débat doit permettre de libérer la parole et de faire prendre conscience aux jeunes des dangers que peuvent créer les écrans.

▶ Quelles **démarches** avez-vous effectuées ? Selon quel planning ?

Exposez les différentes étapes de la réalisation de l'exposition : recherche d'informations, organisation de l'exposition, préparation des panneaux…

▶ Quel **impact** ce projet a-t-il eu sur votre comportement ? Sur celui de vos camarades ? Avez-vous modifié votre opinion ou vos comportements à la suite de ce projet ?

▶ Quelles **compétences** avez-vous travaillées ? Quelles **connaissances** avez-vous acquises ? Quel **résultat** avez-vous obtenu ?

Vous avez participé à cette action de prévention et, depuis, vous faites plus attention à votre santé, à votre sommeil…

3 *Présenter efficacement un projet du parcours Santé*

A Organiser son exposé

▶ Pour présenter efficacement un projet de ce type, vous devez :
- faire part de l'**intérêt** que vous portez au sujet ;
- montrer le **lien** entre le projet et votre parcours ;
- retracer les **étapes** du projet ;
- expliquer les **difficultés** rencontrées et les **solutions** trouvées ;
- faire le **bilan** de l'expérience et de ce que vous avez appris.

▶ Vous pouvez par exemple structurer votre développement en trois parties :

I. Présentation du projet
- présentation des objectifs
- réflexion sur l'utilité (sociale, sanitaire…)
- place du projet dans votre parcours

II. Déroulement du projet

III. Bilan du projet
- objectifs atteints, difficultés rencontrées, améliorations possibles
- bilan personnel

CONSEIL **Montrer que vous avez pris conscience des dangers liés à votre santé est essentiel.**

B Anticiper l'entretien

▶ Durant l'entretien, le jury va chercher à comprendre **votre rôle exact dans le projet** mais aussi **ce que vous en avez retenu.**

▶ Il vous interrogera sur votre parcours santé. Il cherchera à voir si vous savez **faire des liens avec les connaissances apprises en cours** (SVT, EPS…) qui relèvent de la protection de votre santé ou les compétences acquises dans d'autres projets du parcours.

Préparer la présentation de son projet

6

L'épreuve orale du brevet est une soutenance de projet : vous êtes évalué(e) sur votre capacité à présenter un projet, et non sur le projet lui-même (→ FICHE 1). Il s'agit donc de préparer un exposé mettant en valeur le travail réalisé.

1 Quels éléments inclure dans la présentation orale ?

A Présenter le projet

▶ Indiquez d'abord **le thème général** de l'EPI (→ FICHE 23) ou du parcours dans lequel s'inscrit votre projet : parcours Avenir (→ FICHE 2), parcours artistique et culturel (→ FICHE 3), parcours citoyen (→ FICHE 4), parcours éducatif de santé (→ FICHE 5). Précisez **les disciplines concernées.**

▶ Présentez ensuite **le projet** : quel était l'objectif ?

▶ Exposez enfin **la démarche** : comment êtes-vous parvenu(e) au résultat final ? Présentez **les difficultés rencontrées** et expliquez comment vous avez réussi à les surmonter.

> ASTUCE **Ne vous vantez pas trop : si vous dites que le projet a été trop facile, le jury pourrait croire que cela ne vous a rien apporté !**

B Faire un bilan

▶ Expliquez votre **intérêt** pour ce parcours ou cet EPI : pourquoi avez-vous choisi de présenter ce projet ? Soyez concret. Vous pouvez justifier votre choix en utilisant des arguments personnels.

▶ Qu'avez-vous appris ? Déterminez **ce qui vous a le plus intéressé(e)** pendant la phase de recherche, et pensez aussi aux **compétences pratiques** que vous avez acquises (gestion d'un planning, travail en équipe…).

2 Comment s'y prendre concrètement ?

A Organiser sa présentation

Adoptez **un plan simple et clair.** Par exemple :

Introduction

- présentation générale du thème et du projet en insistant sur son caractère pluridisciplinaire
- annonce du plan de la présentation

Développement
I. Présentation de la démarche (grandes étapes) et du résultat
II. Bilan personnel (connaissances et compétences acquises, difficultés rencontrées…)
Conclusion
- reprise en quelques phrases de l'essentiel de l'exposé
- ouverture : par exemple, sur un projet réalisé dans un autre cadre ou sur les suites possibles de votre projet

B Faire des fiches faciles à utiliser

▶ Utilisez des fiches bristol (petit format, 75 × 125 mm) en appliquant ce principe de base : **une idée = une ligne**.

▶ Ne rédigez pas intégralement votre présentation orale : notez juste **les idées essentielles** ainsi que les noms propres et les dates. Espacez-les, pour pouvoir reprendre le fil facilement lorsque vous levez les yeux vers le jury ou que vous présentez un document.

▶ Chaque fiche correspond à une partie : pour vous y retrouver, notez le titre de chaque partie en haut de chaque fiche. Choisissez **un code couleur identique pour toutes vos fiches** (titres en rouge, exemples en vert, idées importantes surlignées en jaune…) et surtout **numérotez-les** (1, 2, 3…).

C Utiliser un support visuel

▶ Vous pouvez présenter votre réalisation concrète (enregistrement, affiches…) mais elle ne peut intervenir qu'en appui de l'exposé. S'il s'agit d'un événement (débat, spectacle, projection, collecte…), montrez des photos ou des vidéos pour **illustrer les étapes et le résultat final** de votre projet.

▶ Pour maintenir l'attention du jury, pensez à écrire les informations importantes au tableau. Vous pouvez également réaliser un **diaporama** reprenant les éléments clés de votre exposé (→ FICHE 7 ET RABATS IV-V).

> ASTUCE **Assurez-vous que la salle où aura lieu votre présentation dispose du matériel nécessaire pour projeter votre diaporama.**

Créer un diaporama pour accompagner sa présentation orale

7

Quel que soit le sujet que vous choisissez de présenter (œuvre d'art, stage, projet...), vous pouvez créer un court diaporama pour accompagner votre exposé (→ DÉPLIANT, XI & XII). ***Ce n'est pas obligatoire mais ce sera valorisé.***

1 *Établir une charte graphique*

A Des visuels sobres

▶ Une charte graphique est **l'ensemble des normes visuelles** adoptées pour un document de communication tel qu'un diaporama.

▶ Utilisez **un seul arrière-plan** pour tout le diaporama et privilégiez les fonds unis à ceux qui sont dégradés ou composés.

▶ Ne multipliez pas les thèmes, les émoticones et les transitions animées. L'ensemble doit rester **sobre et efficace.** Les effets et les visuels choisis doivent toujours être pertinents et accompagner votre propos.

> ASTUCE **Évitez les fonds de couleur foncée, qui diminuent la lisibilité.**

B Des textes lisibles

▶ Sélectionnez **une police de caractères simple** telle que Cambria ou Arial. Times New Roman est à éviter si vous êtes dyslexique. Conservez-la pour l'ensemble des diapositives du diaporama.

▶ Utilisez toujours une taille de caractères supérieure à 24.

▶ Essayez de **limiter la quantité de texte** à environ six mots par ligne et six lignes par diapositive pour que votre auditoire ait le temps de tout lire.

2 *Composer des diapositives efficaces* (→ FICHE 37)

A Des diapositives ordonnées

▶ Sur la première diapositive, faites apparaître le titre de votre exposé (nom de l'œuvre ou du projet présenté), ainsi que vos nom et prénom, votre classe et la date de la présentation.

▶ Organisez votre diaporama selon le **même plan que celui de votre exposé** (→ FICHE 6) : créez une diapositive pour le titre et une pour chaque sous-partie.

▶ À la fin de votre exposé, prévoyez une diapositive de clôture qui permette à l'auditoire de comprendre que vous avez terminé.

B Un contenu pertinent et concis

▶ Le diaporama doit être **complémentaire de votre exposé** : il ne reprend pas l'intégralité de votre propos mais vous permet de le renforcer et de l'illustrer.

▶ **Ne rédigez pas** les phrases en entier : notez seulement les mots-clés, les noms propres, les idées essentielles.

▶ **Utilisez des puces** pour structurer votre propos et présentez les informations de manière visuelle (schémas, flèches, graphiques…).

▶ Le diaporama vous permet d'intégrer des images et des enregistrements audio ou vidéo. Vous pouvez ainsi montrer au jury une partie du projet réalisé ou illustrer les étapes importantes.

> ASTUCE **Ajoutez une flèche sur une illustration ou un graphique pour pointer précisément ce que vous voulez montrer.**

▶ Donnez toujours **le titre et la source** des documents utilisés.

3 Perfectionner le diaporama

▶ Élaborer un diaporama de qualité prend du temps. Prévoyez de consacrer trois ou quatre heures pour le premier jet. Retravaillez-le ensuite, plus tard, pendant une ou deux heures. Utilisez la check-list page 22 (→ FICHE 8) pour évaluer votre diaporama.

▶ Quand le diaporama vous semble terminé, faites-le défiler devant vos amis et **entraînez-vous** à présenter votre exposé à l'oral en commentant les diapositives (→ FICHES 9 ET 10).

CONSEILS PRATIQUES

Ne vous laissez pas surprendre par un problème technique.

- Pensez à faire **deux versions du diaporama**, une au format Impress et une au format PDF.
- Enregistrez-les sur votre clé USB et envoyez-les également sur votre adresse mail. Vous pourrez ainsi les retrouver rapidement au cas où vous égareriez votre clé USB.
- Enfin, pour parer à tout problème électrique, **imprimez les diapositives** sur papier. Vous pourrez ainsi les distribuer au jury.

Méthode express 8

Préparer la soutenance

Faire le bilan d'un projet

1

L'OBJECTIF

➥ Résumez le projet en une phrase.

2

LES ÉTAPES

➥ Relisez votre journal de bord
et identifiez les grandes étapes du projet (entre 3 et 5).

3

LE RÉSULTAT

➥ Êtes-vous satisfait(e) ? Pourquoi ?

➥ Si vous avez présenté votre projet à un public, comment a-t-il été reçu ?

4

LES DIFFICULTÉS

➥ Listez les difficultés rencontrées et les solutions trouvées pour chacune.

Difficultés	Solutions
•	• ....
•	• ....
•	• ....

5

BILAN PERSONNEL

➥ Qu'avez-vous appris ?

➥ Quels savoir-faire avez-vous acquis ?

➥ Qu'en avez-vous retiré personnellement ?

Check-list pour évaluer son diaporama

Structure

CHECK !

1. Votre diaporama commence par une diapositive-titre. ❑
2. Il suit le plan de l'exposé et comporte une diapositive d'introduction et une de conclusion. ❑
3. Il comporte une diapositive bibliographie/sitographie. ❑

BONUS Il comporte au moins une diapositive par sous-partie. ❑

Mise en forme

CHECK !

4. L'arrière-plan utilisé est sobre et plutôt de couleur claire. ❑
5. L'arrière-plan est le même sur toutes les diapositives. ❑
6. Vous n'avez pas utilisé trop d'effets ou d'animations. ❑
7. La police de caractères est lisible et de taille suffisante. ❑

BONUS Vous avez varié la disposition des éléments d'une diapositive à l'autre. ❑

Contenu

CHECK !

8. Vos diapositives comportent peu de texte. ❑
9. Votre propos est structuré à l'aide des puces. ❑
10. Vous avez effectué plusieurs relectures pour chasser les fautes d'orthographe. ❑
11. Vous utilisez des visuels pertinents. ❑
12. Tous les visuels sont légendés (titre + source). ❑

BONUS Les mots importants sont mis en valeur (gras, couleur…). ❑

Être à l'aise le jour J

9

Pour réussir sa présentation orale, il faut bien se préparer avant et s'exprimer avec aisance devant le jury : la qualité de l'expression orale vaut pour la moitié des points.

1 Bien se préparer

A Préparer son exposé (→ FICHE 6)

▶ Faites des **fiches** claires et efficaces, comportant le plan de votre exposé et les informations essentielles à développer.

▶ Pour rendre votre soutenance vivante et concrète, présentez des **documents** (photographies, documents sonores, vidéos, objets…).

> Par exemple, si vous avez réalisé un automatisme piloté par ordinateur, ne vous contentez pas de présenter la réalisation finale, intégrez les plans et des photographies des différentes étapes de la construction, des machines et outils utilisés…

▶ Ne laissez pas dans l'exposé des mots dont vous ne connaîtriez pas le sens : si vous ne comprenez pas ce que vous dites, ou s'il y a des confusions, le jury vous interrogera sur ces points lors de l'entretien.

B S'entraîner

▶ Dans les jours qui précèdent l'oral, entraînez-vous à dire votre exposé devant un miroir, votre famille ou des amis. **Chronométrez-vous** pour vous assurer que votre exposé n'est ni trop court ni trop long.

> ASTUCE **Filmez-vous puis visionnez la vidéo, avec un témoin, et notez tous les petits défauts. Recommencez jusqu'à ce que vous vous trouviez parfait(e) !**

▶ Plus vous aurez répété, plus vous serez à l'aise. Si vous présentez un projet avec des camarades, **répétez ensemble** : il faut que chacun sache ce que les autres vont dire (→ FICHE 11).

C La veille de l'oral

▶ **Préparez votre tenue**, qui doit être sobre et correcte : un jean, une chemise ou un chemisier, et une veste, dans lesquels vous vous sentez bien, sont un bon choix.

▶ **Couchez-vous tôt** pour être en forme le jour J. Prévoyez d'arriver avec une avance de 10-15 minutes, afin de trouver la salle.

2 S'exprimer avec aisance devant le jury

A Utiliser un langage correct

Vous devez vous exprimer dans un **langage courant ou soutenu**, sans faute de français.

▶ Prononcez les négations et toutes les lettres des mots.

- Ne dites pas : *Je sais pas*. Dites : *Je* **ne** *sais pas*.
- Ne dites pas : *un ch'fal*. Dites : *un cheval*.

▶ Évitez les mots abrégés et bannissez les onomatopées et les mots familiers ou enfantins.

- Ne dites pas : *photo, télé*. Dites : *photographie, télévision*.
- Ne dites pas : *euh..., bah...*

Utilisez des mots de liaison et dites : *eh bien, alors, donc*.

- Ne dites pas : *la dame, le monsieur, faire un bisou*.

Dites : *la femme, l'homme, embrasser*.

▶ Utilisez un **vocabulaire adapté** à votre sujet, notamment le vocabulaire technique du domaine dans lequel s'inscrit votre projet.

Si vous présentez une lecture, ne dites pas que vous avez lu « un livre » mais dites que vous avez lu « un roman ».

B Trouver le rythme juste

▶ Un rythme trop rapide rendra peu compréhensible votre exposé. Un rythme trop lent lui fera perdre son intérêt.

▶ Il faut articuler et **adopter un ton vivant** : augmentez le volume de votre voix pour mettre en valeur les idées fortes.

▶ **Ne lisez pas** votre exposé et ne l'apprenez pas par cœur, cela vous ferait perdre toute spontanéité.

C Bien se tenir

▶ Le langage du corps compte autant que la parole. Adoptez une **attitude sérieuse et professionnelle** (→ FICHE 10).

Ne vous recoiffez pas, ne vous balancez pas...

▶ Tenez-vous droit(e), les pieds bien à plat. Pour éviter d'être trop statique, déplacez-vous pour présenter vos documents ou pour écrire au tableau. **Occupez l'espace** !

Retenir l'attention du jury

10

Lors de l'épreuve orale, vous devez convaincre votre auditoire et être suffisamment captivant(e) pour que le jury reste attentif durant les cinq ou dix minutes de l'exposé. C'est l'occasion de montrer votre différence.

1 Présenter un exposé construit et personnel

A Organiser ses idées

▶ Votre présentation doit être organisée selon **un plan rigoureux et clair.** Annoncez votre plan au début et faites-y référence à chaque transition (→ FICHE 6).

▶ Classez vos idées **des plus évidentes aux plus originales** afin de maintenir l'attention du jury et de lui laisser une impression positive.

▶ N'hésitez pas à **faire des rappels**, de manière à conserver l'attention de l'auditoire.

> « Comme nous l'avons vu dans le document... » ;
> « Dans un premier temps, nous avons vu que... ».

B Convaincre le jury de votre intérêt et de votre implication

▶ Si vous présentez une **œuvre d'art**, montrez au jury qu'elle vous a touché(e) et dites pourquoi.

▶ Si vous présentez un **projet**, expliquez comment vous vous êtes impliqué(e) dans sa réalisation et ce que cela vous a apporté personnellement.

2 Se faire comprendre

A La voix

▶ Pour être compris(e), **articulez** (sans exagérer) et parlez suffisamment fort.

▶ **Variez le ton** pour mettre en valeur les idées importantes et les liens entre les différentes parties de la présentation.

▶ Il ne faut ni lire ni réciter par cœur un texte préalablement rédigé. Au contraire, **parlez naturellement** à partir de vos fiches et, éventuellement, du diaporama-support (→ FICHE 7 ET RABATS IV-V).

▶ Ayez l'air **convaincu(e) et sûr(e) de vous** : si vous semblez hésitant(e), le jury doutera de votre maîtrise du sujet ou de votre motivation pour le projet.

B L'attitude

▶ Votre posture doit être **naturelle et dégagée**, mais pas relâchée : épaules ouvertes, bras mobiles, les deux pieds au sol, visage souriant.

▶ Évitez tous les mouvements parasites qui font oublier le contenu de votre exposé (balancements d'un pied sur l'autre, croisements de doigts, main dans les cheveux…).

▶ Il est également recommandé de ne pas s'appuyer contre un mur ou un bureau, de ne pas mettre ses mains dans ses poches et de ne pas croiser les bras afin de ne pas être trop statique (→ FICHE 9).

▶ Regardez votre auditoire dans les yeux.

> ASTUCE **Regardez chaque membre du jury individuellement pour que chacun se sente impliqué et reste attentif.**

C Le vocabulaire

▶ Évitez les termes trop généraux, **soyez clair(e) et précis(e)**.

Ne dites pas : « on ; les personnes ; un endroit ».
Dites plutôt : « je ; les comédiens ; la scène du théâtre ».

▶ **Impliquez votre public** : sans en abuser, vous pouvez vous adresser au jury en posant des questions, auxquelles vous répondez ensuite.

Dites par exemple : « Vous êtes-vous déjà demandé… ? »

3 *S'appuyer sur des supports de qualité*

▶ Votre présentation sera plus convaincante et dynamique si elle est **concrète**.

▶ Les supports doivent **illustrer votre propos** et non le remplacer (→ FICHE 7 ET RABATS IV-V).

CONSEILS PRATIQUES

- Tout doit être préparé et organisé à l'avance : mettez tous les documents numériques sur une clé USB qui ne contient rien d'autre.
- Classez et numérotez vos notes et documents dans un dossier réservé pour vous repérer facilement.
- Faites une **sauvegarde** (voire deux) de tout votre travail.

Présenter un projet à plusieurs 11

L'épreuve orale offre la possibilité de présenter un projet à plusieurs (trois candidats maximum). Dans ce cas, l'exposé dure 10 minutes et l'entretien avec le jury 15 minutes. Le temps de parole de chacun doit être égal.

1 *Pourquoi présenter un projet à plusieurs ?*

▶ Une soutenance collective est pertinente si le groupe a **travaillé ensemble** sur le projet. Cela ne convient donc pas à tout type de projet. Il ne faut pas présenter à plusieurs des projets distincts ou vaguement liés.

- Si vous avez chacun écrit une nouvelle littéraire différente, la soutenance à plusieurs n'est pas pertinente.
- Si vous montez une pièce de théâtre dans laquelle chaque membre de l'équipe occupe une fonction différente, cela se prête parfaitement à la soutenance en groupe.

▶ Vous devez montrer que vous êtes **une véritable équipe** : vous avez travaillé ensemble tout au long de l'année et vous vous êtes tou(te)s impliqué(e)s dans le projet.

▶ Chaque candidat(e) est noté(e) et évalué(e) individuellement.

2 *Comment présenter un projet à plusieurs ?*

A Préparer l'exposé

▶ Répartissez de manière logique les différents points abordés : il ne faut pas changer de locuteur à chaque phrase, mais **donner la parole à chacun** dans chaque grand axe de la présentation. Un partage bien fait évitera les répétitions.

▶ Tout en montrant que c'est un projet commun, il faut montrer au jury **la part personnelle de chacun dans le projet** : chacun doit avoir son propre avis, tirer son propre bilan de l'expérience.

▶ Mettez en valeur votre **travail d'équipe** :
– avez-vous apprécié de travailler à plusieurs ?

Vous avez trouvé cela enrichissant et stimulant ou bien c'était une source de stress et de frustration.

> ASTUCE **Vous avez le droit de ne pas avoir aimé travailler en équipe, mais dites-le avec diplomatie et ne rejetez pas la faute sur vos camarades.**

– quelles difficultés avez-vous rencontrées ? comment les avez-vous surmontées ?

Vous avez peut-être eu du mal à travailler efficacement sans vous laisser distraire ou à prendre des décisions ensemble. Vous avez alors nommé un gardien du temps, établi un système de votes…

– qu'avez-vous appris sur vous-même ?

Vous avez appris à écouter les autres, à vous remettre en question, à faire des compromis…

▶ Vous pouvez par exemple organiser la présentation ainsi :

I. Introduction [candidat 1] : présentation du projet et de ses objectifs, plan de l'exposé…
II. Les grandes étapes
    A. Préparation [candidat 2] : réflexion, recherches…
    B. Réalisation [candidat 3] : matériel, mise en œuvre, résultat.
III. Bilan [candidats 1, 2 et 3 à tour de rôle] : difficultés rencontrées, connaissances et compétences acquises.

B S'organiser le jour J

▶ Lors de l'épreuve orale, chacun doit bénéficier d'un **temps de parole égal**, tant durant la soutenance que durant l'entretien avec le jury. Le temps de parole et le contenu de chaque intervention doivent être **définis à l'avance et respectés.**

ASTUCE **Désignez un responsable du temps et élaborez un code discret qui vous permettra de savoir où vous en êtes, si vous devez accélérer ou ralentir.**

▶ **Ne coupez pas la parole** à celui ou celle qui est en train de parler.

▶ Afin de montrer que vous constituez une équipe, **ne restez pas inactif(-ve)** pendant que les autres membres du groupe s'expriment : écrivez les mots clés au tableau, faites défiler le diaporama, pointez sur une image ce dont parle votre camarade…

CONSEILS PRATIQUES

• Il est essentiel de bien se préparer à la soutenance à plusieurs **en répétant ensemble plusieurs fois.** Il ne faut pas hésiter à changer l'organisation jusqu'à ce que chacun ait trouvé sa place.
• Ne faites **pas de changement de dernière minute** sans l'avoir testé, cela déstabiliserait l'ensemble du groupe.

Présenter un projet en langue étrangère

12

Si votre projet le justifie, vous pouvez effectuer une partie de votre présentation (exposé ou entretien) dans une langue étrangère ou régionale, à condition que celle-ci soit enseignée dans votre établissement.

1 *Avant l'épreuve*

A Rédiger un brouillon

▶ Quelle que soit la langue choisie, vous devez bien vous préparer : **structurez votre propos** (introduction, plan en deux ou trois parties, conclusion) et illustrez-le (→ FICHES 6 ET 7).

▶ Puisque la présentation ne sera pas en français, vous devez bien sûr vous assurer de **connaître tous les mots de vocabulaire nécessaires** à votre exposé. Entraînez-vous à l'oral à partir de vos notes pour voir si vous êtes capable de parler en continu.

ASTUCE : **Vous pouvez rédiger votre exposé intégralement au brouillon, mais n'emportez pas le texte le jour de l'oral car votre exposé ne serait pas spontané.**

▶ **N'utilisez pas de sites de traduction automatique** pour traduire des phrases complètes : vous risquez de recopier des erreurs. En revanche, vous pouvez chercher des mots sur un dictionnaire en ligne tel que WordReference.

B Travailler la prononciation et enrichir son vocabulaire

▶ Pour **travailler la prononciation**, allez sur Google Traduction et écrivez les mots ou les phrases qui vous posent problème. Cliquez sur le pictogramme du haut-parleur afin d'entendre la prononciation correcte. Répétez autant de fois que nécessaire.

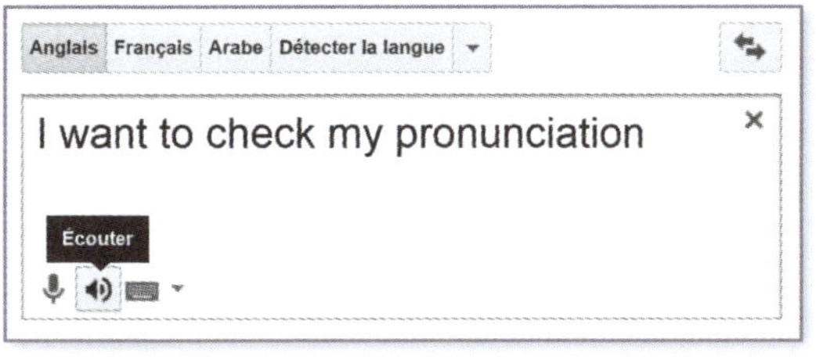

▶ Écoutez des émissions de télévision et de radio dans la langue vivante choisie, et regardez des films en **version originale** (avec des sous-titres dans la langue originale ou sans sous-titres).

▶ Dans le cas d'une langue régionale, multipliez les conversations avec des proches qui la pratiquent.

2 *Durant l'épreuve*

A L'exposé : un contenu culturel

▶ En premier lieu, expliquez **pourquoi** vous avez choisi de présenter votre exposé ou votre projet dans une langue étrangère ou régionale, ce que cela vous a apporté et quels enseignements vous en avez tirés.

> Vous avez fait un voyage scolaire en Espagne et interviewé des collégiens espagnols pour votre chaîne YouTube : expliquez que vous avez découvert un système scolaire différent, que vous avez apprécié de pouvoir dialoguer en espagnol, de vous immerger dans une autre culture...

▶ Insistez sur la **dimension culturelle** de votre projet. Précisez comment votre connaissance de la langue vous a permis de mieux comprendre la culture du pays ou de la région (histoire, coutumes, gastronomie, croyances, mode de vie…).

▶ Pour capter l'attention du jury, appliquez les mêmes conseils que lorsque vous vous exprimez en français (→ FICHE 10).

B L'entretien avec le jury

▶ Si vous choisissez de faire l'entretien en langue étrangère ou régionale, écoutez attentivement les questions et n'hésitez pas à demander au jury de répéter ou de reformuler s'il y a un mot que vous ne comprenez pas. **Formulez toutes vos demandes dans la langue choisie** pour l'épreuve orale.

▶ Pensez à mentionner les **voyages scolaires ou personnels** que vous avez faits à l'étranger et qui vous ont permis de pratiquer la langue.

▶ Appliquez les conseils valables pour tout entretien avec un jury (→ FICHE 13).

S'entretenir avec le jury 13

Durant l'entretien, le jury cherche à vérifier que votre travail est personnel et que vous en avez retiré quelque chose. Pour cela, il peut vous poser des questions directement liées à votre exposé et des questions plus larges.

1 *Les questions sur l'exposé*

A Anticiper les questions

▶ Les questions posées par le jury peuvent s'anticiper : essayez d'**imaginer une dizaine de questions** que le jury pourrait vous poser sur votre exposé et préparez les réponses.

▶ Vous pouvez aussi **susciter certaines questions.** Dans votre exposé, faites exprès de ne pas aborder certains points en détails. Cela amènera le jury à vous questionner sur ces aspects que vous avez volontairement éludés et que vous maîtrisez.

- Si vous présentez *Guernica* de Picasso (→ FICHE 51) et que vous faites allusion à une autre œuvre du peintre, le jury vous posera sans doute une question sur celle-ci durant l'entretien.
- Dans un exposé sur Archimède (→ FICHE 39), si vous mentionnez l'école d'Alexandrie et les découvertes d'Ératosthène sans détailler, le jury vous questionnera sur ce point.

▶ Le jury veut s'assurer que vous n'avez pas fait du « copier-coller » sans comprendre : prouvez-lui que vous maîtrisez votre sujet.

B Répondre clairement

▶ Si vous connaissez la réponse, formulez-la clairement et efforcez-vous de la **justifier.** Pour vous aider, vous pouvez reprendre la structure de la question posée.

▶ Si vous ne connaissez pas la réponse à une question, dites-le avec simplicité. Ne vous découragez pas et **rebondissez sur un autre élément,** assez proche, qui vous vient à l'esprit.

▶ Comme lors de l'exposé, surveillez **votre attitude et vos mouvements** afin de ne pas laisser le langage de votre corps parasiter vos réponses (→ FICHES 9 ET 10).

2 Les questions larges

A Rester soi-même

▶ Le questionnement de la seconde partie de l'entretien porte davantage sur **votre expérience et votre culture personnelles**. C'est le moment de mentionner les activités réalisées ou les expériences vécues au cours du collège.

▶ Pour préparer ces questions, réfléchissez à ce qui vous a particulièrement marqué(e) pendant vos années au collège. Faites une liste de vos trois activités préférées et essayez d'**expliquer pourquoi** elles vous plaisent. C'est cet aspect qui retiendra l'attention du jury.

ASTUCE **Par les réponses que vous donnez, essayez d'orienter le jury sur les sujets que vous souhaitez aborder.**

▶ **Ne vous dévaluez pas.** Parlez de ce que vous savez le mieux faire. Si vous avez rencontré des problèmes, vous pouvez l'évoquer mais n'accusez pas vos camarades, ni vos professeurs : expliquez plutôt comment vous avez essayé de les surmonter.

▶ Le jury cherche avant tout à évaluer votre travail personnel. Montrez que le sujet vous a intéressé(e) et que vous avez travaillé honnêtement, sans plagiat.

B Avoir de la répartie

▶ Si une question du jury vous désarçonne, réfléchissez quelques secondes. Pour répondre, vous pouvez utiliser des **connaissances acquises hors de l'école** : inspirez-vous de vos lectures, des films, des séries télévisées que vous connaissez.

▶ Le jury cherche à cerner **votre culture personnelle**, vos centres d'intérêt mais aussi **votre sens de la répartie**.

> Si vous avez travaillé sur un scientifique à l'époque gréco-romaine et que l'on vous demande de faire une comparaison avec un scientifique d'aujourd'hui, utilisez l'exemple d'Alan Turing, dont la vie est retracée dans le film *Enigma*, ou celui de Bill Gates sur qui vous pouvez avoir lu un article dans un magazine.

▶ Prenez garde toutefois à ne pas vous montrer insolent(e). Il est toujours mal venu de prétendre que l'on en sait plus que le jury.

▶ Restez **naturel(le) et souriant(e)** et n'oubliez pas de prendre congé poliment avant de quitter la salle.

Méthode express 14

Gérer son stress

Comprendre ce qu'est le stress

Stress est un mot anglais qui signifie « tension mécanique ». C'est une **réaction réflexe** préparant le corps à réagir face à un danger. Il peut se manifester de différentes manières : mieux connaître ses réactions permet de mieux les gérer.

CE QU'IL SE PASSE DANS MON CORPS

Le cerveau perçoit un **danger**.

↓

Il libère de l'**adrénaline**.

↓

Tout le corps est **en alerte** :
- le cœur s'accélère ;
- la respiration s'accélère ;
- les muscles se contractent ;
- l'activité cérébrale augmente.

⇩

CE QUE JE RESSENS

3 réactions possibles

1. **FUITE**
   On en perd ses moyens, on a envie de disparaître (on rougit, on bégaye…).
2. **LUTTE**
   On essaie de contre-attaquer, on s'impatiente, on s'énerve.
3. **INHIBITION**
   On est découragé, incapable de faire quoi que ce soit ; on « fait le mort ».

5 conseils pour apprendre à gérer son stress

1

Se préparer efficacement

La maîtrise du sujet est le premier rempart contre le stress : si vous connaissez votre sujet et que vous vous êtes bien entraîné(e), vous serez plus à l'aise le jour J.

2

Se concentrer sur le présent

Le stress des examens est souvent lié à la peur de l'échec. Il faut s'empêcher de penser au résultat et se concentrer sur le présent. Vous avez bien révisé, vous êtes prêt(e) !

3

Se détendre et faire du sport

Durant la période de révisions, accordez-vous des moments de détente. Faire du sport permet de se changer les idées, mais aussi de faire baisser le taux d'adrénaline : cela vous aidera donc à mieux résister au stress.

4

Respirer profondément

Juste avant l'épreuve, prenez le temps de faire un exercice de respiration : ancrez vos pieds dans le sol, placez vos mains sur le ventre, inspirez en gonflant le ventre, bloquez une ou deux secondes, puis expirez lentement. Répétez l'opération plusieurs fois.

5

Accepter d'être (un peu) stressé(e)

Le stress est une réaction normale. Vous ne serez pas mal jugé(e) parce que vous rougissez ou que vos mains tremblent : cela montre au contraire que vous prenez l'épreuve au sérieux.
Alors pas de panique si vous ne parvenez pas à masquer complètement votre stress !

Trouver un stage

15

Le stage d'observation est une étape essentielle du parcours Avenir. C'est l'occasion de découvrir concrètement le monde du travail en passant une semaine auprès d'un professionnel. Il ne faut donc pas le choisir à la légère !

1 *Choisir l'entreprise*

A En fonction de ses centres d'intérêt

▶ Il faut commencer **par faire le point sur son projet** scolaire ou professionnel : quels sont les métiers susceptibles de vous intéresser ?

▶ Il est possible de demander conseil à son professeur principal, le conseiller ou la conseillère d'orientation, ou de se renseigner sur des sites spécialisés (→ FICHE 22).

> ASTUCE Il existe de nombreux tests en ligne pour vous aider à mieux vous connaître. Consultez par exemple les liens suivants : *bit.ly/Oral3e_p35a* (quiz de l'Onisep) et *bit.ly/Oral3e_p35b* (test de personnalité MBTI).

▶ **Interrogez vos proches** pour découvrir leur métier : cela peut vous donner des idées et vous faire découvrir des professions intéressantes.

▶ Si vous avez déjà découvert un domaine d'activités (parce que vous avez accompagné vos parents sur leur lieu de travail, par exemple), choisissez un autre secteur afin d'enrichir vos connaissances du monde professionnel.

B En fonction de son lieu d'habitation

▶ Vous allez partir en stage pendant une semaine : il faut que vous puissiez vous rendre facilement chaque matin sur votre nouveau lieu de travail.

▶ Choisissez un établissement **près de chez vous ou facilement accessible.** Vous pouvez aussi demander à un proche de vous héberger pendant la durée du stage.

C En fonction de vos relations

▶ Pour trouver un stage, comme pour trouver un emploi, il est souvent très utile de **mobiliser son réseau** : famille, amis, parents d'amis…

▶ Plus vous parlez de votre recherche de stage autour de vous, plus vous avez de chances que quelqu'un puisse vous aider ou vous mettre en relation avec le bon interlocuteur.

▶ Il existe aussi des **plateformes** et des **associations** qui peuvent vous aider à trouver un stage, notamment si vous êtes élève en REP (réseau d'éducation prioritaire). Vous pouvez par exemple consulter les sites suivants : *www.monstagedetroisieme.fr*. ou *www.viensvoirmontaf.fr*.

2 Faire une demande de stage

Plus vous vous y prenez tôt pour effectuer votre demande, plus elle est susceptible d'aboutir. En effet, certains professionnels reçoivent de très nombreuses demandes. Comment procéder pour faire sa demande ?

A Par écrit

▶ Le plus simple est d'**adresser un email** à la personne auprès de laquelle vous souhaitez effectuer votre stage. Essayez d'obtenir son email personnel et non pas un email général de l'entreprise. Vous avez ainsi plus de chances d'obtenir une réponse.

▶ L'email doit être **court** : présentez-vous en une phrase (nom, prénom, classe, âge, nom et ville de votre collège) et expliquez brièvement pourquoi vous souhaitez faire ce stage.

▶ Utilisez des **formules de politesse** appropriées en ouverture et en clôture du mail, et n'oubliez pas de signer.

▶ Vous pouvez insérer votre **CV** (*curriculum vitae*) en pièce jointe, si vous en avez rédigé un.

> ASTUCE **N'oubliez pas de remplir la case « objet » de manière précise, par exemple : « Stage d'observation de 3e du [date] au [date] ».**

B Oralement

▶ La meilleure façon d'obtenir un stage est souvent de **se rendre sur place**, notamment dans les petites structures.

▶ **Soyez simple et direct(e)** : présentez-vous, mettez en avant vos qualités et expliquez pourquoi vous souhaitez faire ce stage.

> ASTUCE **Une fois que vous avez obtenu une réponse positive, vous devez faire établir une convention de stage, qui doit être signée par l'employeur, les parents et le collège.**

Tenir un journal de stage 16

Le but du journal de stage est de noter toutes les étapes importantes de ce que vous avez fait dans la semaine. Vous vous en resservirez lorsque vous rédigerez votre rapport de stage puis lorsque vous préparerez votre présentation orale.

1 Organisation concrète du journal de stage

A Dans la journée

▶ Prévoyez un bloc-notes que vous garderez avec vous toute la semaine.

▶ Notez au fur et à mesure **tout ce que vous faites** : les services que vous fréquentez, les personnes que vous rencontrez, les informations qu'elles vous donnent, les activités que vous effectuez…

B Le soir

▶ **Relisez vos notes** et essayez de faire un résumé de ce que vous avez appris. Vous pouvez même noter les questions qui vous viennent à l'esprit pour les poser le lendemain.

▶ Vous pouvez également remettre au propre vos notes de la journée, par exemple en présentant les informations sous forme de **tableau synoptique.**

ASTUCE Un tableau synoptique permet de visualiser toutes les informations en même temps.

Actions effectuées	Personnes rencontrées	Informations apprises
• …	• …	• …

2 Recueillir des informations importantes

A Réaliser des interviews (→ FICHE 19)

▶ Lorsque vous êtes dans l'entreprise, **ne soyez pas timide**. N'hésitez pas à parler avec de nombreux interlocuteurs. Questionnez-les sur leur métier et leur parcours.

STAGE

▶ **Établissez un questionnaire** en posant des questions ouvertes, par exemple :

- Quelle est votre fonction dans l'entreprise ?
- Quand et comment avez-vous été recruté(e) ?
- Quel est votre parcours scolaire et professionnel ?
- Quels sont les avantages et les inconvénients de votre métier ?

▶ **Prenez des notes** de façon précise. N'hésitez pas à demander à la personne que vous interrogez d'épeler ou de répéter un mot.

▶ Si vous en avez l'occasion, vous pouvez également vous adresser aux clients, aux prestataires (ceux qui fournissent des services pour l'entreprise) et leur demander quelles relations ils entretiennent avec la société dans laquelle vous effectuez votre stage.

B Prendre des notes lors d'une réunion

▶ Dans la plupart des lieux de travail, il y aura des **réunions**. Ces rencontres sont très importantes pour le fonctionnement d'une entreprise.

▶ Lorsque vous assistez à une réunion, essayez de répondre aux questions suivantes et inscrivez vos réponses dans votre journal de stage.

- La réunion est-elle périodique (journalière, hebdomadaire, mensuelle) ou extraordinaire ?
- Quel est son but ? Informer les participants de décisions prises par la direction, faire le point sur l'avancement d'un projet, etc. ?
- Qui prend la parole ? Selon quel ordre ?
- Quelle est la fonction des différents participants ?
- Quelle est l'ambiance générale ? Y a-t-il des conflits ?

C Collecter des documents

▶ Pour enrichir le rapport de stage, il est possible de collecter des documents. Le plus important est sans doute **l'organigramme de l'entreprise** (→ FICHE 17) : il s'agit d'un schéma qui détermine les liens hiérarchiques entre les employés (qui reçoit des ordres de qui) et indique les fonctions de chacun.

▶ Pensez à **photographier** les différents espaces de travail, les objets ou les machines que vous utilisez, etc.

▶ Vous pouvez également essayer de **rassembler des documents papier** (originaux ou photocopies) : des bons de commande, des menus si vous faites votre stage dans la restauration, des notices si vous le faites dans une bibliothèque, etc.

Présenter une entreprise

17

Dans le rapport de stage, il faut consacrer une partie à la présentation de la structure qui vous a accueilli(e) et en décrire le fonctionnement. Les questions à se poser concernent le type de production, les ressources et l'organisation.

1 Déterminer la nature et la taille de l'entreprise

A Qu'est-ce qu'une entreprise ?

▶ Une **entreprise** est une unité économique privée ou publique, organisée pour produire des biens ou des services destinés à être vendus sur un **marché**.

INFO **En économie, le marché désigne la rencontre de l'offre (les producteurs) et de la demande (les acheteurs). C'est un terme générique qui désigne l'échange.**

▶ Le stage peut également avoir été effectué dans un autre type d'organisation, comme par exemple :
– une **administration publique**, dont les revenus sont les impôts et qui produit des services non marchands dans le but de satisfaire les besoins de tous les Français ;
– une **association**, qui produit des services non marchands essentiellement pour défendre les intérêts de ses membres ou défendre une cause.

▶ Pour définir dans quel type d'organisation a lieu le stage (entreprise, administration ou association), répondez à ces questions :

- Que produit l'organisation dans laquelle se déroule le stage ? Des biens ou des services ?
- D'où proviennent les revenus de cette entreprise ? De la vente (chiffre d'affaires), de l'impôt ou de dons ?

B La taille de l'entreprise

▶ Le fonctionnement d'une entreprise dépend beaucoup de sa taille. Il est possible de la déterminer grâce à deux éléments :
– **le nombre d'employés** :

- moins de 10 : micro-entreprise (ou TPE, très petite entreprise) ;
- entre 10 et 249 : petite ou moyenne entreprise (PME) ;
- entre 250 et 5 000 : entreprise de taille intermédiaire (ETI) ;
- plus de 5 000 : grande entreprise.

STAGE

– **le chiffre d'affaires,** c'est-à-dire le montant des ventes.

> INFO **Le chiffre d'affaires se calcule en multipliant le prix de vente du bien ou du service produit par le nombre de biens ou de services vendus.**

▶ Pour obtenir ces informations, il est possible de poser directement les questions au maître de stage et de faire des recherches sur Internet. Dans ce cas, il faut vérifier qu'il s'agit de données récentes et il faut noter l'adresse du site consulté ainsi que la date de consultation.

2 *Comprendre l'organisation de l'entreprise*

▶ Si le stage se déroule dans une **micro-entreprise**, il faut s'efforcer de déterminer le rôle de chacun : qui est le gérant, quelles fonctions occupent les employés, etc. ?

▶ Si le stage se déroule dans une **PME**, il faut essayer de réaliser un **organigramme**, c'est-à-dire une représentation schématique des liens hiérarchiques qui existent entre les individus.

▶ Si le stage se déroule dans une **grande entreprise,** il est souvent difficile d'en comprendre l'organisation globale : dans ce cas, il faut déterminer qui en est le ou la P-DG (Président-Directeur Général) puis réaliser l'organigramme du service dans lequel le stage a eu lieu.

Exemple d'organigramme

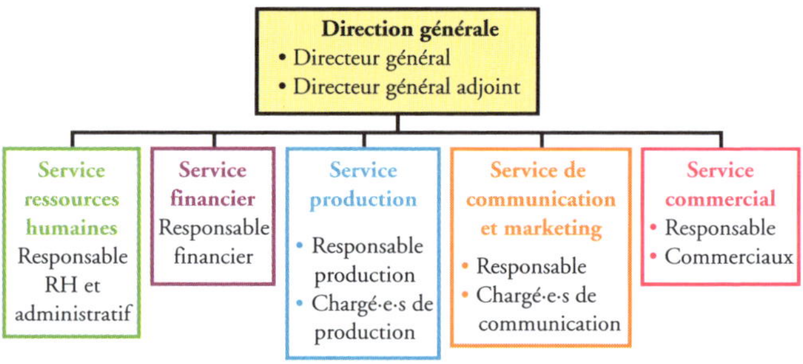

Dans cette mini-entreprise de vente de fruits et légumes en circuit court créée par des élèves, il existe 5 services dont 4 sont dirigés par un(e) responsable. L'ensemble obéit à la direction générale représentée par le directeur général et son adjoint.

■ Source : d'après un organigramme réalisé par les élèves du collège Boudon, dans le Vaucluse *(bit.ly/Oral3e_p40).*

Faire une fiche métier

18

Le stage d'observation est l'occasion de découvrir un secteur d'activités qui vous intéresse. Dans votre rapport de stage, vous pouvez inclure une ou plusieurs fiches métier afin de présenter les professions que vous avez découvertes.

1 Comment constituer une fiche métier ?

▶ À votre arrivée dans l'entreprise, **renseignez-vous** sur les différents métiers (pas seulement celui de votre maître de stage). Choisissez ceux qui vous paraissent les plus attrayants.

▶ Les fiches métier peuvent prendre des formes variées mais elles doivent toutes contenir certaines **informations incontournables** :
- secteur d'activité et nom exact du métier ;
- principales attributions ;
- niveau d'études minimal / diplôme requis ;
- facilité de l'insertion professionnelle ;
- salaire débutant.

2 Comment obtenir des informations ?

▶ Demandez à **interviewer différents professionnels** (→ FICHE 19) : fixez un rendez-vous dès les premiers jours du stage afin que la personne puisse s'organiser, et établissez préalablement un questionnaire précis.

CONSEIL **Vous pouvez également fréquenter la cantine ou la salle de repos pour discuter de manière plus informelle avec les salariés de l'entreprise.**

▶ Si vous en avez l'occasion, n'hésitez pas à **participer aux activités** de la société. Impliquez-vous dans les tâches qui vous sont confiées : vous découvrirez ainsi de manière concrète la réalité du métier.

▶ Acceptez les remarques des membres de l'équipe. Elles vous aideront à comprendre les **réalités et contraintes de la vie active.**

▶ Pour compléter vos recherches, de nombreux **sites Internet** proposent des fiches métier : l'Onisep (*www.onisep.fr*), L'Étudiant (*www.letudiant.fr*) ou encore Pixis (*pixis.co*).

3 À quoi sert une fiche métier ?

▶ Une fiche métier vous permet de vous renseigner précisément sur une profession afin de **déterminer si elle vous correspond ou non**.

▶ Grâce aux informations collectées, vous pouvez identifier ce qui constitue pour vous **les points positifs et négatifs du métier**.

▶ Rédigez un **bilan** résumant vos conclusions : avez-vous envie de faire ce métier ? Pourquoi ? Vous en sentez-vous capable ?

CONSEIL PRATIQUE

Comprendre les formations

- Après la 3e, les études sont organisées en **trois voies principales** :
– **la voie générale** pour faire des études longues (au moins 3 ans après le baccalauréat pour obtenir une Licence) ;
– **la voie technologique** pour faire des études plus courtes (au moins 2 ans après le baccalauréat pour obtenir un DUT ou BTS) ;
– **la voie professionnelle** pour entrer rapidement dans la vie active.
- Il existe de nombreuses **passerelles** entre les filières.

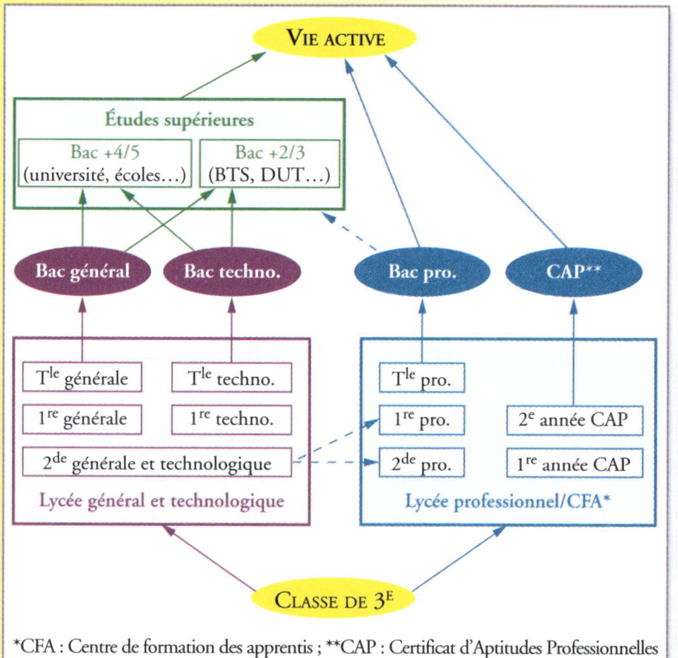

*CFA : Centre de formation des apprentis ; **CAP : Certificat d'Aptitudes Professionnelles

Interviewer un professionnel

19

Dans le cadre de votre stage, vous allez être amené(e) à interroger un ou plusieurs professionnels sur leurs métiers. Vous devrez ensuite faire le compte rendu de leurs propos.

1 *Se préparer*

A Pourquoi faire une interview ?

▶ Si le stage vous offre un aperçu du quotidien d'un professionnel, l'interview vous permettra de **connaître son parcours** et d'avoir une vision plus globale de son métier.

▶ Si le métier vous intéresse vraiment, l'interview est un moment privilégié pour poser toutes vos questions sur le métier et **obtenir des conseils** pour mieux préparer votre avenir professionnel.

B Poser les bonnes questions

▶ Avant la rencontre, faites des recherches sur la personne que vous allez interviewer pour préparer les questions.

▶ Ne posez que des **questions ouvertes** (c'est-à-dire qui n'appellent pas une réponse par « oui » ou par « non »), pour entretenir l'échange.

- En quoi consiste votre métier ?
- Pourriez-vous me décrire une journée type ?
- Pourquoi avez-vous choisi ce métier ?
- Quelle est votre formation initiale ?
- Depuis combien de temps travaillez-vous dans l'entreprise ?
- Avez-vous exercé d'autres professions ?
- Quels sont les principaux avantages et inconvénients de votre profession ?

ASTUCE **Si vous vous sentez à l'aise avec votre interlocuteur, vous pouvez demander quelle est sa rémunération.**

▶ En fonction de l'âge et de la situation de la personne interrogée, **adaptez le niveau de langue** (tutoiement ou vouvoiement, choix du vocabulaire…).

STAGE

C Le matériel

▶ Demandez au professionnel l'autorisation d'**enregistrer l'interview** : ainsi, vous pourrez vous concentrer davantage sur ses propos et moins sur vos notes.

▶ Avec son accord, vous pouvez également **prendre une photo** de la personne interviewée pour illustrer votre rapport de stage.

2 *Mener l'interview*

▶ Il ne s'agit pas seulement de poser des questions et de noter les réponses. Efforcez-vous d'instaurer un **dialogue réel** avec la personne interrogée.

▶ Certaines réponses peuvent susciter de nouvelles questions auxquelles vous n'aviez pas pensé. Reportez-vous aussi régulièrement aux questions préparées pour être certain(e) de ne rien oublier.

▶ Si vous pensez que la réponse ne correspond pas à votre question ou si vous ne la comprenez pas bien, **faites préciser** la réponse ou **reformulez** votre question.

▶ Notez les réponses le plus fidèlement possible, surtout si vous ne pouvez pas enregistrer. **Recueillez le maximum d'informations**, vous ferez le tri lors de la rédaction du compte rendu.

3 *Faire un compte rendu*

▶ Commencez votre compte rendu par une courte **présentation de la personne interrogée** et du contexte de l'interview. Expliquez pourquoi vous avez choisi d'interroger ce professionnel.

▶ Si vous citez les paroles exactes de votre interlocuteur, placez-les entre guillemets. Procédez ainsi pour les formules les plus percutantes.

▶ Préférez la méthode du **résumé**, sans guillemets, pour rendre compte d'un raisonnement ou d'un récit un peu long.

> Mme X, vétérinaire, m'a expliqué son parcours : après un bac S et deux ans en classe préparatoire, elle a intégré une École nationale vétérinaire pour une formation de cinq ans.

Rédiger un rapport de stage

20

En 3e, vous allez réaliser un stage d'observation en entreprise et rédiger un rapport de stage que vous pourrez présenter lors de l'épreuve orale dans le cadre du parcours Avenir (→ FICHE 2).

1 Que doit contenir votre rapport de stage ?

Un rapport de stage comporte un certain nombre d'éléments clés :

1. une **page de titre** (nom, prénom, classe, dates du stage, nom de l'entreprise, illustration) ;
2. un **sommaire** annonçant le plan de votre rapport ;
3. une **introduction**, dans laquelle vous expliquerez pourquoi vous avez choisi cette entreprise et comment vous avez obtenu le stage ;
4. une **présentation de l'entreprise** ;
5. une **présentation du métier** que vous avez découvert ;
6. un **résumé de vos activités** durant le stage ;
7. une **conclusion**, dans laquelle vous faites le bilan de l'expérience ;
8. des **annexes** (documents illustrant vos activités, glossaire des termes techniques…) ;
9. une **page de remerciements**, mentionnant votre maître de stage et les différentes personnes qui vous ont aidé(e).

2 Comment réussir son rapport de stage ?

A Présenter l'entreprise (→ FICHE 17)

▶ Pour présenter l'entreprise, vous devez connaître :
- ses différentes activités ;
- l'historique de sa création et son évolution ;
- sa situation actuelle (type d'entreprise, nom du PDG, nombre de salariés, implantation, chiffre d'affaires…).

▶ Vous pouvez vous faire aider par votre maître de stage.

B Présenter un métier (→ FICHE 18)

▶ Au cours du stage, demandez à **interviewer l'un(e) des employés** (→ FICHE 19) : posez-lui des questions sur son métier, sa formation…

STAGE

▶ Complétez ce travail en effectuant des recherches. Croisez ce que l'employé(e) vous a dit de son propre parcours avec d'autres informations, en envisageant par exemple toutes les filières d'étude possibles. Pour cela, le site de l'Onisep (*www.onisep.fr*) est très utile.

C Présenter les activités réalisées

▶ Il s'agit de **faire une synthèse** de toutes les activités auxquelles vous avez participé ou assisté. Expliquez ce que vous avez fait, pourquoi et comment.

> ASTUCE **Ayez toujours de quoi noter, prenez des photos et amassez le plus de documents possible.**

▶ Pour ne rien oublier, relisez votre journal de stage (→ FICHE 16).

▶ **Illustrez vos activités** par des photographies et des documents, que vous pouvez placer en annexe.

Par exemple, si vous avez classé des factures, intégrez-en une en annexe et expliquez le système de classement utilisé.

▶ Dès que vous employez un terme technique, pensez à le définir dans une note de bas de page ou dans le glossaire. Si vous avez utilisé des machines ou des outils spécifiques, insérez des photographies.

D Faire le bilan

▶ Demandez-vous **ce que le stage vous a apporté** : mettez en valeur les points positifs et évoquez également les points négatifs.

▶ C'est aussi l'occasion de faire le point sur **votre projet d'orientation**. Expliquez en quoi ce stage a conforté votre choix ou au contraire vous a amené(e) à revoir votre projet.

▶ Intégrez à la fin de votre rapport **l'évaluation de votre maître de stage**. Pour avoir une bonne évaluation, il faut vous montrer attentif(-ve), intéressé(e), et prendre des initiatives durant le stage.

CONSEILS PRATIQUES

- Adoptez une **présentation sobre et soignée**. Écrivez en noir, choisissez une police neutre (par exemple Cambria, Arial ou Calibri) et mettez en valeur les titres grâce à une police plus grosse et des caractères gras.
- Vous pouvez **faire relier** votre rapport de stage.

Présenter sa soutenance de stage 21

Vous pouvez présenter votre stage soit en cours d'année, après avoir rendu votre rapport, soit à l'occasion de l'épreuve orale du brevet. Dans certains cas, vous pouvez même faire les deux : la soutenance de stage vous sert alors d'entraînement pour l'épreuve orale !

1 Préparer l'oral

A Organiser sa présentation

▶ Le contenu de votre oral reprend **l'essentiel de votre rapport de stage**, mais il ne s'agit pas de le réciter en intégralité (le jury en a sans doute pris connaissance en amont).

▶ Vous pouvez organiser votre présentation selon le plan suivant :

- I. Présentation de l'entreprise : taille, organisation, activités...
- II. Description du stage : qu'avez-vous fait ? quel(s) métier(s) avez-vous découvert(s) ?
- III. Bilan personnel du stage : qu'avez-vous appris sur la vie professionnelle ? en quoi ce stage vous aide-t-il à construire votre projet professionnel ? quelles études envisagez-vous ?

▶ Les parties II et III sont les plus importantes : vous devez convaincre le jury que **vous vous êtes investi(e)** dans le stage et que celui-ci vous a permis d'**affiner votre projet d'orientation** : cette expérience vous a-t-elle donné envie de faire ce métier ? ou au contraire vous a-t-elle poussé(e) à changer de projet ?

> CONSEIL **Les trois adjectifs pour une soutenance de stage réussie : structurée, personnelle, naturelle.**

B Se préparer concrètement

▶ Préparez des **fiches cartonnées** reprenant les informations clés à ne pas oublier dans chaque partie (mais ne rédigez pas !).

▶ Vous pouvez également préparer un **diaporama** (→ FICHE 7) pour montrer des photographies de votre lieu de stage, des professionnels rencontrés, de vous en train d'accomplir une tâche spécifique, etc.

> CONSEIL **N'hésitez pas à apporter des documents ou des objets collectés ou réalisés pendant votre stage : cela rendra votre exposé plus vivant.**

STAGE

▶ **Entraînez-vous** plusieurs fois devant votre entourage :
– chronométrez-vous (votre exposé doit durer 5 minutes) ;
– demandez à des personnes différentes de vous poser des questions sur votre exposé afin de préparer l'entretien.

2 *Le jour de l'épreuve*

A Prendre en compte son auditoire

▶ Comme pour tout oral, vous devez soigner votre tenue, votre attitude et votre expression (→ FICHES 9 ET 10). Regardez votre auditoire, articulez et parlez assez fort pour être parfaitement entendu(e).

▶ *A priori*, les professeurs qui composent le jury ne sont pas des spécialistes du secteur professionnel dans lequel vous avez évolué : si vous employez des termes techniques, pensez toujours à les **définir**.

> CONSEIL **Employer un vocabulaire précis et varié, adapté au secteur professionnel que vous évoquez, sera valorisé : cela prouve que vous maîtrisez bien votre sujet.**

B Anticiper l'entretien (→ FICHE 13)

▶ L'entretien avec le jury dure **10 minutes** : c'est la partie la plus longue de votre oral. Il est possible de s'y préparer en imaginant à l'avance les questions qui peuvent vous être posées.

▶ Voici quelques exemples de questions :

- Pourquoi avez-vous choisi de faire votre stage dans cette structure ?
- Avez-vous apprécié cette expérience ? Pourquoi ?
- Aimeriez-vous exercer ce métier plus tard ?
- Pensez-vous avoir les qualités nécessaires pour l'exercer ?
- Quel autre métier ou secteur vous intéresse ?

▶ Il n'y a pas de bonne ou de mauvaise réponse : **répondez honnêtement** aux questions du jury. Il vous est même permis d'exprimer votre manque de motivation pour certaines des tâches que vous avez accomplies, à condition de justifier votre point de vue.

▶ Ne soyez pas trop présomptueux(-se), ne vous vantez pas : présentez plutôt **les étapes qu'il vous reste à franchir** pour exercer le métier qui vous intéresse.

Méthode express 22

De la recherche de stage à la soutenance

Les étapes clés

1 — Faire le point sur son orientation

➥ Prenez rendez-vous avec le conseiller d'orientation du collège et faites des tests d'orientation en ligne pour vous donner des idées (voir au verso).
➥ Renseignez-vous sur les secteurs d'activité et les métiers qui vous intéressent.

2 — Sélectionner une ou plusieurs structures

➥ Choisissez des entreprises, administrations ou associations facilement accessibles depuis votre domicile, et identifiez les personnes à contacter.

3 — Formuler des demandes de stage

➥ Selon les cas, contactez l'entreprise par mail ou rendez-vous directement sur place.
➥ Gardez une trace de toutes les démarches effectuées.

4 — Être actif·ve et curieux·se pendant le stage

➥ Collectez des documents, interviewez des professionnels pour découvrir leurs métiers, et notez toutes les activités réalisées, les personnes rencontrées, etc.

5 — Rédiger son rapport de stage

➥ Relisez les notes prises pendant le stage et faites un bilan personnel de l'expérience : qu'avez-vous appris ?

6 — Préparer et passer l'oral de stage

➥ Relisez votre rapport, préparez des fiches et éventuellement un diaporama pour illustrer votre présentation.

Quelques sites utiles

▶ **Pour faire des tests d'orientation :**

- *test-orientation.studyrama.com*
- *kledou.fr*
- *www.letudiant.fr* (onglet « tests d'orientation »), si vous avez déjà une idée du domaine qui vous intéresse.

▶ **Pour parler avec un conseiller ou une conseillère :**

- *www.monorientationenligne.fr*
- *www.tonavenir.net*
- Trouvez le CIO (Centre d'information et d'orientation) le plus proche de chez vous en tapant « CIO + nom de votre ville » sur Google.

▶ **Pour se renseigner sur les métiers :**

- *pixis.co*
- *www.onisep.fr* (onglet « Métier »)
- *www.letudiant.fr* (onglet « Métiers »)
- *www.studyrama.com* (onglet « Métiers »)

▶ **Pour découvrir des métiers en vidéo :**

- *filmetonjob.com*
- *www.lecanaldesmetiers.tv*

▶ **Pour trouver des offres de stage :**

- *www.monstagedetroisieme.fr* (plateforme nationale)
- Si vous êtes élève en REP : *www.viensvoirmontaf.fr*.
- Si vous êtes une fille et que les métiers de l'ingénierie vous intéressent : *stages.ellesbougent.com*.

▶ **Pour garder une trace de toutes les démarches effectuées :** l'outil FOLIOS, accessible depuis l'ENT (→ FICHE 2).

Plus de conseils en vidéo avec l'Antisèche : *bit.ly/Oral3e_p50*

23 Commencer un projet de type interdisciplinaire

Votre professeur a présenté le thème de l'EPI ou le projet à mener. Quelles vont en être les étapes ? Il est important d'organiser votre travail dès le début du projet.

1 *Comprendre le sujet*

▶ Chaque EPI a ses propres caractéristiques : matières différentes, type de projet, durée. Il est important de **bien comprendre ce qu'il faut faire avant de se lancer** dans le travail et les recherches.

▶ Seul(e) ou en équipe, il faut d'abord réfléchir aux questions ci-dessous :

	Questions à se poser	Actions à entreprendre
Quoi ?	Quelle est la production finale attendue ? Devez-vous choisir le sujet vous-même ?	Faire des recherches préalables pour choisir un sujet.
Comment ?	Quels sont les objectifs à atteindre ? Quelles sont alors les tâches à accomplir ?	Lister les étapes du projet ainsi que le matériel nécessaire, les personnes à contacter…
Quand ?	Quelles sont les dates limites pour les différentes étapes du projet ?	Élaborer un planning (qui pourra être ajusté par la suite).
Qui ?	Dans le cas d'un projet en groupe, comment répartir le travail ?	Faire le point sur les envies et les compétences de chacun (→ FICHE 11).
Avec quoi ?	Quel budget faut-il prévoir ? Comment le financer ?	Lister toutes les dépenses prévisibles.

2 *Établir un calendrier*

▶ Pour planifier le travail, il faut **utiliser un calendrier scolaire** afin d'intégrer les périodes de vacances et les absences possibles à l'occasion d'un voyage scolaire ou du stage en entreprise. Le planning des réunions doit aussi tenir compte des disponibilités de chacun si le travail se fait en groupe.

▶ Le projet va évoluer au fur et à mesure de vos recherches et de l'avancée des cours en classe. Soyez **attentif(-ve)** car les connaissances que vous acquérez vous aident dans votre projet, et restez **flexible** : ce n'est pas grave si certains délais sont modifiés ou certaines dates décalées, le tout est d'avancer.

ASTUCE **Votre professeur est là pour vous aider : n'hésitez pas à le solliciter pour discuter de vos idées ou pour demander un coup de pouce s'il faut contacter une association ou une administration.**

3 *Élaborer un plan d'action*

▶ Le plan d'action sert de **check-list**. C'est un pense-bête de tout ce que vous devez faire. Il vous permet d'organiser le travail en grandes étapes, sur une période plus ou moins longue.

▶ Chaque étape doit être vue comme un **objectif à atteindre**, une réalisation. Chaque objectif est lui-même divisé en tâches avec une **échéance** fixée à l'avance. Faites un tableau pour mieux visualiser l'ensemble du travail à fournir.

Vous travaillez en petit groupe pour réaliser une affiche qui sera présentée lors d'une exposition. Votre plan d'action peut commencer ainsi :

Étapes et tâches	Échéance
Étape 1 : comprendre le sujet	...
• faire des recherches sur la propagande et les régimes totalitaires	...
• collecter plusieurs affiches de propagande	...
Étape 2 : concevoir le panneau	...
• choisir deux ou trois affiches et les analyser	...
• faire le plan du panneau	...
...	...

▶ Vous pourrez suivre l'avancement de votre plan d'action en tenant un journal de bord (→ FICHE 24). Le plan d'action est **évolutif** : il doit être remis à jour si nécessaire en fonction de votre avancée.

▶ Chaque plan d'action se bâtit en fonction du projet. Il faut être **réaliste** sur les objectifs à atteindre et se laisser un délai suffisant. Tenez compte aussi du planning de travail prévu par votre professeur. Vous pouvez lui faire valider votre plan d'action.

Tenir un journal de bord pendant un projet

24

Un journal de bord est un outil qui permet de maîtriser l'organisation du travail et de suivre l'évolution du projet.

1 À quoi sert le journal de bord ?

▶ Au cours du travail, le journal de bord permet de **voir clairement les avancées** (ce qui est déjà fait) **et les difficultés** (ce qui reste à faire, ce qui pose problème). Vous devez aussi y noter vos idées, vos recherches, vos questions…

▶ Lors de la préparation de l'épreuve orale, le journal de bord est indispensable pour **se remémorer les étapes du projet.**

> ASTUCE **Votre journal de bord n'est utile que si vous l'utilisez tout le temps et si vous en prenez soin ! Choisissez un cahier à votre goût et veillez à l'avoir toujours avec vous.**

2 Comment faire concrètement ?

A Les premières pages

▶ Commencez par inscrire sur la première page de votre cahier votre nom, votre classe, les noms des professeurs responsables et le thème du projet. Collez sur la page suivante **un calendrier scolaire**, pour pouvoir y noter les dates clés (→ FICHE 23).

▶ Indiquez **la date de l'oral** dès qu'elle vous est communiquée et prévoyez d'avoir fini au moins deux semaines avant pour avoir le temps de vous préparer.

▶ Une fois que votre sujet est défini, faites un ***brainstorming*** : notez toutes les connaissances, les idées et les questions qui vous viennent à l'esprit. Vous pourrez y revenir au cours du travail pour trouver de nouvelles idées.

B Faire le compte rendu d'une séance de travail

▶ Au début de chaque séance :
– relisez les notes de la séance précédente ;
– écrivez sur une nouvelle page la date du jour, la durée de la séance et le nom des éventuels absents si vous travaillez en groupe ;
– notez **l'objectif de la séance** (interview, achat de matériel…) et la répartition des tâches décidée avec vos camarades.

▶ En cours de séance :

– **prenez des notes** sur les recherches que vous effectuez, sans oublier d'indiquer les sources (références d'un livre, adresse d'un site Internet, coordonnées d'une personne à interviewer…) ;

– inscrivez également vos questions si vous ne pouvez pas les poser directement à votre professeur.

▶ À la fin de la séance :

– faites le **bilan de la séance** : avez-vous accompli vos objectifs ? quelles difficultés avez-vous rencontrées ? ;

– déterminez les **objectifs de la séance suivante** et le travail à faire entre-temps si nécessaire.

> ASTUCE **Pour planifier le travail à plusieurs, vous pouvez utiliser l'application gratuite Trello sur smartphone ou tablette** (→ FICHE 25).

Exemple de compte rendu :

15/11/2018 (1 h)

• **Objectif de la séance** : faire des recherches sur les scientifiques dans l'Antiquité.

• **Répartition des tâches :**
– Pauline : les découvertes d'Archimède
– Malik : la vie des savants dans l'Antiquité
– moi : l'influence d'Archimède sur la science moderne

• **Documents et sites consultés :**
1. …
2. …
3. …
[références des documents consultés et notes de lecture]

• **Bilan :** objectif accompli mais pas le temps de mettre en commun.
Pour la prochaine fois : relire les notes et ne garder que l'essentiel pour l'expliquer à Pauline et Malik.

→ **Séance du 22/11 :** faire un point sur ce que chacun a appris et poursuivre les recherches.

Travailler en équipe

25

Savoir travailler à plusieurs est indispensable mais cela s'apprend : il faut avant tout bien s'organiser, communiquer efficacement et respecter les autres.

1 *S'organiser*

A Répartir les rôles et les tâches

▶ **La planification et la répartition** des tâches doivent être claires et connues de tous. Il est important que chaque membre de l'équipe puisse dire ce qu'il a envie de faire et comment il souhaite participer.

▶ Si au cours du projet, un membre de l'équipe se trouve un peu débordé ou si une partie du travail a pris du retard, il faut garder de la **souplesse** et la possibilité de réorganiser le partage du travail. Bien sûr, il faut veiller à ce que chacun s'investisse équitablement.

▶ Il peut être utile de donner **un rôle à chaque membre du groupe,** en fonction du projet à accomplir : secrétaire, responsable matériel, porte-parole, animateur/modérateur de débat, gardien du temps… (→ FICHE 29).

▶ Ces rôles peuvent bien sûr tourner d'une séance à l'autre.

B Faire des bilans réguliers

▶ Lorsque vous vous réunissez, il faut prévoir un **ordre du jour**, c'est-à-dire une liste de points à aborder, pour ne pas risquer de se disperser et de manquer de temps en fin de séance.

▶ Une partie des tâches doit se faire **en autonomie.** Chacun est tenu de s'investir et il est important de pouvoir compter sur les autres. Au début de chaque séance, commencez par faire le point pour savoir où en est chaque membre de l'équipe.

CONSEILS PRATIQUES

L'utilisation du numérique est un atout pour le travail en équipe.

• **Pour collaborer** : grâce aux pads (**Etherpad, Framapad, Google Docs**), qui sont des outils d'écriture collaborative, plusieurs personnes peuvent intervenir simultanément sur un même document, y compris à distance.

• **Pour partager des documents** : stockez vos fichiers en ligne sur **un Drive** ou **Dropbox** pour que chacun puisse y avoir accès tout au long du projet.

• **Pour s'organiser** : le logiciel gratuit **Trello**, utilisable sur ordinateur et sur smartphone, est une sorte de journal de bord en ligne. Il vous permet de visualiser le partage des tâches et leur avancement (ce qui est à faire, ce qui est en cours et ce qui est terminé).

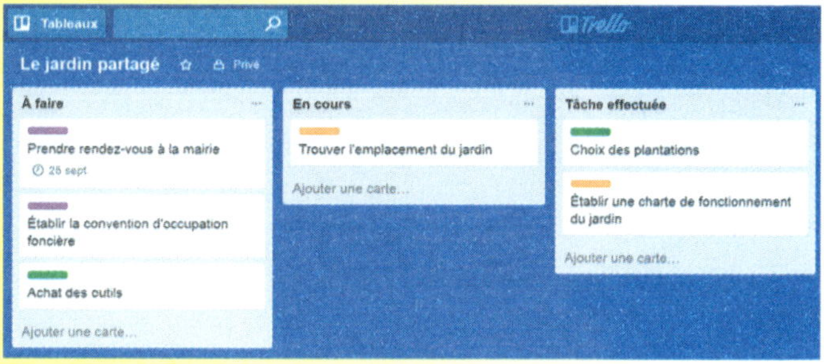

2 Communiquer

A Créer une atmosphère propice au travail

▶ Un travail en équipe est basé sur **la confiance et la solidarité** au sein du groupe. Soyez toujours agréable et poli(e) avec les autres. Ne dénigrez pas leur travail, essayez plutôt d'apporter des **critiques constructives.**

▶ Lorsqu'un membre du groupe propose une idée :
– posez des questions pour vérifier que vous avez bien compris ;
– pointez les aspects que vous trouvez intéressants ;
– faites des suggestions sur les points à améliorer.

▶ Entraidez-vous sur les tâches plus longues ou plus difficiles. **Réfléchir ensemble** permet de trouver des solutions.

B Prendre des décisions en groupe

▶ **Restez à l'écoute** des autres et gardez votre calme en cas de désaccord. Désignez un modérateur de débat pour veiller au bon déroulement des échanges.

▶ Vous serez amenés à faire des choix, à prendre des décisions de groupe. Si personne n'arrive à convaincre les autres, le **vote** peut être une solution efficace pour trancher.

Effectuer une recherche documentaire

26

Dans le cadre de votre projet, vous allez effectuer des recherches en bibliothèque ou sur Internet. Comment faire pour trouver facilement la documentation appropriée ?

1 Traduire un sujet en mots clés

A Les mots clés du sujet

▶ Tous les outils de recherche sont informatisés, que ce soit en bibliothèque ou sur Internet. Pour les interroger, il faut utiliser des mots clés.

▶ Pour **passer du langage courant au langage documentaire**, supprimez les articles et les termes trop vagues : utilisez des mots précis reprenant les notions essentielles de votre sujet.

> ASTUCE **Pour certains outils de recherche, n'utilisez que des lettres minuscules non accentuées.**

sujet → Les découvertes scientifiques dans l'Antiquité gréco-romaine

↓

~~Les découvertes~~ scientifiques ~~dans~~ l'Antiquité ~~gréco-romaine~~

↓

sciences Antiquité → langage documentaire

B La sélection des mots clés

▶ Utilisez des **synonymes** ou des termes de sens proche.

Pour « jardin partagé », cherchez aussi « agriculture urbaine ».

▶ Saisissez d'abord des termes précis. De **nouveaux mots clés** vont émerger au fil de votre recherche.

2 Consulter différentes sources

A Les sources écrites

▶ Commencez par consulter des **sources papiers** les plus récentes possibles (manuels, livres, revues). Elles contiennent des informations qui ont déjà été vérifiées et triées par des auteurs et des éditeurs. C'est un moyen de ne pas faire d'erreurs mais aussi de gagner du temps.

▶ Après avoir trouvé des informations dans les documents de référence, vous pouvez aller sur **Internet** (→ FICHE 28).

B S'inspirer du réel

▶ Il est également possible de s'inspirer de son environnement et de l'**expérience vécue** de personnes proches en les interrogeant.

> ASTUCE **Ces démarches plus originales donneront à votre travail un caractère personnel très apprécié par le jury.**

▶ Vous pouvez aussi vous rendre dans un musée, dans une entreprise ou un service public. Cela vous permettra de lier théorie et pratique et de créer **un savoir « vivant »** en connectant ce que vous apprenez au collège avec le monde extérieur.

3 Constituer une bibliographie ou une sitographie

A Présenter une bibliographie

▶ Les éléments de la bibliographie doivent toujours être classés **par ordre alphabétique** du nom d'auteur.

▶ Vous devez indiquer toutes les informations nécessaires pour **permettre de retrouver facilement la source**, en respectant des codes de présentation spécifiques.

- **Pour un livre :** Panafieu, Jean-Baptiste de. *Sur les traces de Darwin*. Gallimard Jeunesse, 2011. 127 p.
- **Pour un article :** Winock, Michel. « Il était une foi », *L'Histoire*, novembre 2015, n° 417, p. 32-35.

B Présenter une sitographie

▶ Lorsque vous faites référence à un site Internet, copiez-collez le lien exact et précisez toujours **la date à laquelle vous l'avez consulté** car le site peut évoluer.

> ASTUCE **Créez des favoris pour retrouver facilement les sites utilisés. Pensez à consulter votre historique de recherche si vous avez oublié de noter une référence.**

▶ La présentation est similaire à celle d'une source papier :

Région Île-de-France, *L'agriculture urbaine et la biodiversité : agriculture urbaine et fonctions écologiques.* [consulté le 24 juillet 2016], http://agricultureurbaine-idf.fr/agriculture-urbaine-fonctions-ecologiques-1

Faire une recherche au CDI

27

Chercher directement dans les rayonnages du CDI permet de découvrir des ouvrages intéressants, mais pour être sûr de trouver ce dont on a besoin, il faut utiliser le catalogue informatisé du collège.

1 *Chercher sur le catalogue informatisé du CDI*

A Accéder au catalogue du CDI

▶ Aujourd'hui, la plupart des CDI de collèges sont informatisés, ce qui permet d'effectuer des recherches depuis n'importe quel ordinateur, sur place ou à domicile, et à n'importe quelle heure.

▶ Lorsque vous vous connectez de l'extérieur de l'établissement, il faut entrer sur le site du collège pour accéder au **catalogue du** CDI.

B Faire une recherche

▶ Les documentalistes utilisent un logiciel appelé **PMB** pour organiser le classement et les recherches.

▶ Cochez d'abord la case qui correspond au **type de documents** que vous recherchez : documentaire ou fiction. Pour effectuer une recherche précise, cliquez sur « + » dans la rubrique « Rechercher dans » et entrez vos mots clés :

Si vous connaissez…	Saisissez…	Cochez…
Le titre	*Élise ou la vraie vie*	Titre
L'auteur	*Claire Etcherelli*	Auteur
Le sujet : *Les sciences dans la Grèce antique*	Les mots clés : *sciences* et *Grèce antique*	Titre Résumé et notes Tous les champs

▶ Notez les **références du document** que vous souhaitez consulter.

▶ Vous pouvez également créer un panier avec toutes les notices qui vous intéressent, puis les enregistrer ou les imprimer. Ce document sera utile pour la constitution de la bibliographie (→ FICHE 26).

2 Chercher dans les rayons

▶ Pour classer **les livres documentaires**, les bibliothèques utilisent un système universel mis au point par l'Américain Melvil Dewey (1851-1931). Chaque domaine et chaque sous-domaine correspondent à un nombre, appelé cote.

- 500 : Sciences pures
→ 510 : Mathématiques ; 520 : Astronomie...
- 900 : Histoire
→ 910 : Histoire-géographie ; 940 : Histoire de l'Europe...

▶ **Les documents de fiction** sont classés à part car ils n'entrent pas dans cette classification. Leur cote est composée de quatre lettres : la première définit le genre (R pour roman, C pour conte…) ; les trois suivantes correspondent aux premières lettres du nom de l'auteur.

La Gloire de mon père de Marcel Pagnol : R PAG

3 Chercher dans les ouvrages

A Ouvrages de référence

▶ Commencez par chercher les mots clés de votre recherche dans des **encyclopédies**. Certains, comme le *Dictionnaire encyclopédique Larousse* sont classés par ordre alphabétique. D'autres, comme l'*Encyclopédia Universalis*, utilisent un système de renvois assez complexe : demandez de l'aide au documentaliste.

▶ Vous pouvez également utiliser les **manuels** à votre disposition.

B Documentaires et revues

▶ Pour les documentaires, sélectionnez les chapitres qui vous intéressent dans **le sommaire** ou la table des matières.

▶ Certains ouvrages de référence comportent **un index** qui vous permet de trouver dans l'ouvrage toutes les mentions d'un mot.

▶ Consultez également des revues : pour simplifier vos recherches, sélectionnez dans le catalogue celles qui comportent un **dossier spécial** sur votre sujet. Vous pouvez aussi parcourir rapidement le sommaire des numéros les plus récents, rangés dans le présentoir.

Mathématiques et sciences : *Sciences et Vie junior, Cosinus…*
Sciences humaines : *Archéo, Histoire Junior, Citoyen Junior, Virgule...*
Arts : *Le Petit Léonard, Connaissance des Arts...*

Faire une recherche sur Internet

28

Aujourd'hui, la plupart des recherches s'effectuent sur Internet. Google est le moteur de recherche le plus utilisé : comment s'en servir efficacement, sans se perdre dans la masse d'informations disponible ?

1 Cibler sa recherche

A Quelques astuces

▶ Utilisez des **guillemets** si vous cherchez une expression exacte. Vous pouvez ainsi retrouver l'auteur d'une citation mais aussi réduire drastiquement le nombre de résultats.

- *appel du général de Gaulle* : toutes les pages qui parlent de l'appel du 18 juin 1940 (398 000 résultats).
- *« De Gaulle lance son appel de Londres »* : toutes les pages qui présentent cette suite de mots à l'identique (782 résultats).

▶ Pour affiner vos recherches, utilisez des **mots clés** pertinents (→ FICHE 26).

B Faire une recherche en langue étrangère

▶ Google donne également la possibilité de faire des recherches dans une autre langue que le français :
– cliquez sur la roue crantée ⚙
– puis sur « Paramètres de recherche » et « Langues ».

▶ Pour trouver rapidement une information sur une page en langue étrangère, utilisez le raccourci clavier **« ctrl+F »** (= *find*). Une fenêtre s'ouvre : saisissez un mot clé, appuyez sur « Entrée » et toutes les occurrences du mot sur la page seront surlignées.

2 Trouver des informations fiables

A Comprendre une adresse URL

▶ L'URL (*Uniform Resource Locator*) ou localisateur uniforme de ressource correspond à l'**adresse Internet du site.**

www.agriculture.gouv.fr/anti-gaspi/anti-gaspi

- www : World Wide Web
- agriculture : nom du site
- gouv.fr : nom du domaine
- anti-gaspi/anti-gaspi : chemin d'accès à la page

▶ Il faut faire particulièrement attention aux **noms de domaine** :

.gouv, .gov : sites gouvernementaux → fiables.
.org, .asso : organisations à but non lucratif → fiables.
.over-blog.com, .free.fr : blogs ou sites personnels → peu fiables.

B Évaluer l'information sur Internet

▶ Tout le monde peut publier un contenu sur Internet : personne ne contrôle, ni ne valide. C'est pour cela qu'il faut absolument adopter une **attitude critique** en se posant un certain nombre de questions.

▶ Établissez une **grille de validation des informations** selon le modèle suivant. Si vous pouvez répondre « oui » à toutes les questions, les informations sont fiables.

Questions pour évaluer la fiabilité d'un site		Réponses
Qui ?	Le **nom de l'auteur** ou de l'organisme apparaît-il ?	☐ Oui ☺ ☐ Non ☹
	Est-il qualifié pour traiter le sujet ?	☐ Oui ☺ ☐ Non ☹
	Y a-t-il un **formulaire de contact** ?	☐ Oui ☺ ☐ Non ☹
Quoi ?	La **nature de l'activité** du site est-elle identifiable ?	☐ Oui ☺ ☐ Non ☹
Quand ?	La **date** de publication du document est-elle indiquée ?	☐ Oui ☺ ☐ Non ☹
Comment ?	Le site est-il **structuré** (page d'accueil, menu…) ?	☐ Oui ☺ ☐ Non ☹
Pourquoi ?	L'**intention de l'auteur** est-elle bien d'informer et non de vendre, militer ?	☐ Oui ☺ ☐ Non ☹

3 Utiliser les informations trouvées

▶ Il faut toujours comparer une information collectée sur un site Internet avec d'autres sources d'informations (un autre site, un livre, une revue). Cela s'appelle **« recouper une information »**.

▶ Vous pouvez copier-coller des informations pour vous en resservir plus tard, mais si vous les utilisez dans votre exposé, vous devez toujours les **reformuler avec vos propres mots**.

▶ Enregistrez au fur et à mesure les liens que vous consultez. Si vous citez le texte d'une page web ou que vous utilisez une image trouvée sur Internet, indiquez toujours **la source** (→ FICHE 26).

Méthode express 29

Organiser son travail (1)

Les étapes de la recherche documentaire

1 Déterminer les mots-clés du sujet

➥ Quel est le thème ?
➥ Y a-t-il des bornes temporelles ou géographiques ?

2 Réunir des documents

➥ Faites des recherches au CDI et/ou sur Internet.
➥ Évaluez la pertinence des documents trouvés.

3 Lire les documents

➥ Prenez des notes au fur et à mesure.
➥ Ne notez que ce qui se rapporte vraiment au sujet !

4 Trier et confronter les informations

➥ Les informations réunies sont-elles cohérentes ?
➥ Quelles sont les informations essentielles ?

5 Organiser ses notes

➥ Déterminez entre 2 et 4 grandes idées.
➥ Surlignez de différentes couleurs les éléments qui se rapportent à chaque idée dans vos notes.

6 Présenter le travail

➥ Respectez la forme demandée : exposé, panneau, présentation PowerPoint…

7 Lister ses sources

➥ Pensez à noter les références au fur et à mesure des recherches (→ FICHE 26).
➥ Classez-les par ordre alphabétique pour constituer une bibliographie et/ou sitographie.

Les rôles dans un groupe de travail

Il/Elle prend des notes et gère les documents.

Il/Elle s'occupe de la disponibilité, du fonctionnement et du bon usage du matériel.

Il/Elle sert de lien entre les membres du groupe de travail et communique les résultats au professeur ou à la classe.

Il/Elle fait respecter les tours de parole et aide à organiser la discussion. Il/Elle évite les disputes et fait appliquer les règles de fonctionnement du groupe de travail.

Il/Elle surveille l'heure et s'assure que chaque tâche ne prend pas plus de temps que nécessaire.

Réaliser une vidéo 30

Réaliser une vidéo (documentaire, reportage, court-métrage de fiction) requiert une bonne organisation, mais aussi de la réflexion et quelques connaissances techniques.

1 *Avant le tournage*

A Imaginer un scénario

▶ Il faut d'abord définir **l'idée essentielle** du projet : que voulez-vous montrer ou raconter ?

▶ Déterminez au brouillon, **étape par étape**, ce que vous allez filmer. Il ne faut pas prévoir trop long : un court-métrage de trois minutes avec cinq ou six scènes demande déjà un travail important.

▶ Un rôle doit être attribué à chaque personne du groupe, devant ou derrière la caméra : acteur, caméraman, metteur en scène…

B Réaliser un storyboard

▶ Un **storyboard** vous permet de planifier très précisément le tournage de votre court-métrage, plan par plan.

▶ Il comprend :
– un croquis ou une description du plan ;
– des indications sur la position et le mouvement de la caméra ;
– le contenu de la bande-son (dialogues, musique…).

	Noms :	Titre :	Scène :	Page : /
Croquis				
Cadrages Mvt caméra				
Sons				
Dialogues				
	Remarques importantes :			

▶ Vous pouvez télécharger un modèle sur Internet ou l'élaborer vous-même. Prévoyez des exemplaires de brouillon !

2 Le tournage et le montage

A Le tournage

▶ **Réservez en avance le matériel nécessaire** auprès de la vie scolaire, du CDI ou des parents des différents membres du groupe. N'oubliez pas de tout restituer dès la fin du tournage !

> **ASTUCE** La veille du tournage, envoyez un texto à tous les intervenants pour leur rappeler l'heure et le lieu du tournage. Assurez-vous que le matériel fonctionne et que les batteries sont chargées !

▶ Le tournage doit être rapide car les conditions nécessaires à la réalisation du film (peu de bruit, temps favorable, absence de passage…) peuvent rapidement changer.

▶ Il n'est **pas nécessaire de filmer les scènes dans l'ordre** où elles apparaîtront dans la vidéo : il suffit de les trier ensuite au montage. Organisez-vous plutôt pour filmer lors d'une même session toutes les scènes qui se déroulent dans un même lieu.

▶ Supprimez tout de suite les prises de vue ratées, sinon vous aurez trop d'images à visionner lors du montage.

B Le montage

▶ Téléchargez un **logiciel de montage** sur Internet, comme *Windows Movie Maker* ou *VideoSpin* (*iMovie* sur Mac).

▶ Monter une vidéo prend du temps : prévoyez au moins une demi-journée pour maîtriser le logiciel, puis une journée ou deux pour le montage lui-même.

▶ Travaillez d'abord sur **le montage des images**, puis intégrez et synchronisez **la bande-son** et, enfin, ajoutez **les textes** : titre, générique de fin et éventuellement sous-titres.

▶ Une fois que la vidéo est terminée, exportez-la depuis le logiciel de montage vers votre disque dur. Il est même possible de mettre en ligne votre production sur YouTube.

EN BREF

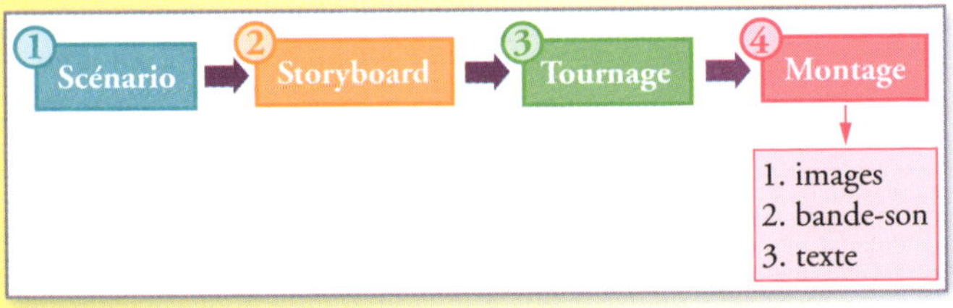

Réaliser une exposition

31

Une exposition permet de présenter un travail à un public : vous devez chacun réaliser des panneaux, dessins ou affiches puis organiser l'exposition elle-même.

1 Préparer l'exposition

A Définir le thème et la problématique

▶ Le thème global de l'exposition est défini par le professeur : par exemple le thème de l'EPI ou un projet d'histoire des arts. En revanche, c'est à vous de choisir les sous-thèmes et d'effectuer les recherches nécessaires (→ FICHES 26 ET 28).

▶ Vous devez évaluer le **nombre de panneaux** requis pour traiter le sujet et réfléchir à leur **ordre d'exposition**. N'oubliez pas de prévoir un panneau d'introduction qui présente le sujet et la problématique.

▶ Organisez votre travail grâce à votre journal de bord (→ FICHE 24). Pour planifier vos tâches, établissez un rétro-planning : partez de la date de l'exposition et remontez dans le temps étape par étape.

B Trouver un lieu adéquat

▶ Il est important de **trouver un lieu adapté**, qui soit lumineux et suffisamment spacieux pour permettre l'accrochage des panneaux et la circulation du public. Il faut bien sûr prévoir où et comment seront accrochés les panneaux.

▶ Il faut aussi déterminer quel sera le public : élèves, parents, voire un public plus large (lors de la journée portes ouvertes par exemple) ?

▶ Le lieu doit être disponible à la date prévue pour l'exposition : n'oubliez pas de **réserver la salle** le plus tôt possible !

C Concevoir l'exposition

▶ L'exposition peut présenter des travaux sur des **supports divers** : des panneaux ou des affiches (→ FICHE 36, DÉPLIANT IX & X), mais aussi des vidéos ou des diaporamas projetés sur un écran blanc (→ FICHES 30 ET 37).

▶ Pour susciter l'intérêt des visiteurs, il peut être intéressant de les amener à **interagir avec l'exposition** : vous pouvez leur proposer de répondre à des quiz ou à des questionnaires, ou leur offrir la possibilité de faire des manipulations ou de rechercher des indices.

2 *Mettre en place l'exposition*

A Installer les panneaux

▶ Il faut **installer les panneaux** dans la salle d'exposition quelques jours avant le jour J. Faites bien attention au choix du matériel de suspension car le scotch et la Patafix ne sont pas toujours fiables. Prévoyez du matériel de secours pour recoller un document ou ajouter quelque chose si besoin.

> ASTUCE **Pensez à numéroter tous les panneaux pour faciliter l'accrochage.**

▶ Vous pouvez utiliser une **signalisation** pour guider vos visiteurs dans l'exposition : point de départ et sens de la visite.

▶ Le **démontage de l'exposition** doit aussi être programmé. Des élèves responsables doivent être désignés.

B Faire la promotion de l'exposition

▶ Pour donner une unité à l'ensemble mais aussi pour en faire la promotion, **créez un logo ou un slogan** pour votre exposition.

▶ Pensez à utiliser tous les moyens possibles pour en faire la publicité, en précisant le lieu et la date : affiches et flyers (→ FICHE 36), annonce sur l'Intranet ou dans le journal du collège…

▶ Vous pouvez même organiser un **vernissage** en présence des professeurs, des parents d'élèves, du principal, du maire…

> INFO **Un vernissage est l'inauguration d'une exposition en présence d'un public choisi, la veille de son ouverture officielle.**

CONSEILS PRATIQUES

- N'oubliez pas de réserver un panneau à la fin de l'exposition pour la bibliographie et les remerciements (professeurs, administration, associations, entreprises qui vous ont aidés à la réaliser).
- Chaque panneau doit être signé (nom, prénom, classe).

Réaliser un blog

32

Un blog (de l'anglais weblog) est un site web simplifié qui permet au blogueur de publier des articles (textes illustrés d'images, de vidéos, ou de fichiers sonores).

1 Avant de se lancer

▶ En premier lieu, vous devez définir précisément votre projet :
– quel est le **thème** du blog ?
– **à qui** est-il destiné ?
– quel est son **objectif** ?

Un blog peut avoir pour objet le récit d'un projet au long cours, des conseils pratiques, la mise en place d'un projet collaboratif...

▶ Un blog est destiné à être enrichi régulièrement. Le thème choisi doit donc être suffisamment riche pour justifier la publication de nouveaux articles.

▶ Trouvez un **nom** qui permette au visiteur de savoir qui écrit et de quoi il est question : il apparaîtra dans l'adresse du blog (→ DÉPLIANT VII & VIII).

2 Créer un blog

A Ouvrir un blog

▶ Il existe des **sites spécialisés dans l'hébergement gratuit de blogs** qui ne nécessitent aucune compétence particulière en informatique. Pour créer un blog, seule une adresse mail valide est nécessaire.

Conseils pratiques

- Préférez un hébergeur qui n'impose pas de publicités, car vous n'avez aucun contrôle dessus : *www.zeblog.com*, *www.webnode.fr/site-personnel* ou encore *www.wordpress.com*.
- La manière d'insérer des fichiers dépend de l'hébergeur choisi. Soyez attentif(-ve) aux formats autorisés et à la taille des fichiers.

▶ Après avoir reçu l'adresse du blog, vous définissez votre nom d'utilisateur et un mot de passe pour accéder à la **page d'administration** (ou tableau de bord).

▶ L'administrateur peut modifier les articles et la structure du blog.

B Définir une apparence

▶ L'hébergeur propose différents thèmes (mises en page, couleurs, polices…) : il faut en choisir un qui soit **adapté au contenu du blog**.

▶ Les articles apparaissent dans l'ordre chronologique inverse, du plus récent au plus ancien. Vous pouvez créer des **rubriques** pour faciliter l'accès aux articles.

C Rédiger une présentation

Composez **un texte clair et concis** présentant l'auteur du blog et le projet. Par exemple, pour votre blog sur l'autoportrait (→ FICHE 40) :

> Bonjour à tous et bienvenue sur notre blog !
> Nous sommes les 3e C du collège … à …. Cette année, nous travaillons sur l'autoportrait en Français et en Arts plastiques et nous avons décidé de partager régulièrement notre travail avec vous. Donnez-nous vos avis en commentaire !

3 *Faire vivre son blog*

A Rédiger et publier un article

▶ Sur la page d'administration, cliquez sur « **Rédiger un article** ». Complétez avec le titre, saisissez le corps de l'article puis téléchargez l'illustration (image, son, vidéo).

▶ Évitez les articles trop longs et privilégiez un style clair avec des phrases simples. N'oubliez pas de vous **relire** : votre blog sera plus crédible si l'orthographe est irréprochable !

▶ Un aperçu (ou prévisualisation) de l'article est proposé. Pour terminer, cliquez sur « **Publier** ».

B Assurer un suivi

▶ Un blog est un outil de communication **interactif** : l'administrateur doit valider ou non les commentaires et y répondre. Il est responsable de toutes les publications.

▶ Pour être attractif et vivant, le blog doit être **tenu à jour** et proposer de nouveaux articles régulièrement.

> ASTUCE **Les visiteurs peuvent s'abonner à un fil RSS ou recevoir une alerte par mail pour être tenus informés des nouvelles publications.**

▶ Si votre collège possède un site Internet, demandez au webmestre d'y faire figurer un lien vers votre blog.

Réaliser une émission pour une webradio

33

Une webradio est une radio prévue pour une diffusion sur Internet, qui vous permet de créer et d'enregistrer votre propre émission. L'utilisation de cet outil nécessite une certaine organisation technique.

1 *La mise en place de la webradio*

A Le matériel

▶ Pour réaliser une émission en direct ou un podcast, il vous faut au minimum **deux micros, deux casques, deux ordinateurs** (un pour diffuser musiques et sons, un pour enregistrer), **une table de mixage** (il existe des applications de table de mixage virtuelle) et, si possible, **un haut-parleur**.

▶ Vous avez également besoin d'un logiciel de montage audio : généralement Audacity, sous Windows.

B La diffusion

▶ Il est possible de **diffuser en direct ou en différé**. Sachez toutefois que la diffusion en direct impose beaucoup plus de contraintes techniques. Dans tous les cas, il est préférable de prévoir un **podcast** pour que davantage d'auditeurs puissent en profiter.

> ASTUCE **Un podcast est un fichier audio en ligne qu'on peut écouter ou télécharger sur un ordinateur ou un lecteur portable.**

▶ Vous pouvez diffuser vos contenus sur le réseau de l'établissement, sur le site du collège ou sur un blog. Il existe également des plateformes d'hébergement comme SoundCloud ou Icecast.

2 *La réalisation de l'émission*

A Préparer l'émission

▶ Une émission se prépare bien en amont. Il faut environ **2 heures de préparation pour 20 minutes de diffusion.**

▶ Déterminez les tâches de chacun (→ FICHES 25 ET 29) ainsi que les contenus que vous allez traiter. Pour que l'émission soit agréable à écouter, il faut **varier les contenus** (interviews, débats, musique…).

Rôle	Tâche
Superviseur	Choisit les sujets à traiter et vérifie le travail de l'ensemble des intervenants.
Animateur-présentateur	Lance les émissions et répartit la parole entre tous ceux qui s'expriment dans le micro en direct.
Journaliste-chroniqueur	Effectue les reportages sur le terrain, les interviews et les micro-trottoirs.
Technicien	Lance les sons, coupe et active les micros, réalise l'enregistrement, monte les reportages et les diffuse.

▶ Il faut aussi préparer **un conducteur de l'émission** qui permet à chacun d'en suivre le déroulement : qui dit quoi, pendant combien de temps, dans quel ordre…

	durée	qui ?	quoi ?	source
1	0'30	régie	générique	generique1.mp3
2	2'	Cédric	introduction	DIRECT
3	3'	Sarah	chronique ciné ("Les sorties de la semaine")	DIRECT

B Enregistrer

▶ Avant de commencer, il faut **préparer la table de mixage** et installer les sons dans Audacity ou VLC.

▶ Pensez à tester le son et **entraînez-vous à parler** au micro. Vous devez avoir un débit régulier (ni trop rapide, ni trop lent), bien articuler et respecter la ponctuation à l'oral.

▶ Après l'enregistrement, **réécoutez-vous** pour voir ce qui pourra être amélioré la fois suivante. Si votre émission n'est pas diffusée en direct, vous pouvez faire plusieurs prises jusqu'à ce que vous soyez satisfaits du résultat.

INFO Il existe une Semaine du son et une Journée mondiale de la radio le 13 février, organisées par l'UNESCO : l'occasion d'une diffusion exceptionnelle de votre émission ?

CONSEILS PRATIQUES

- Pour pouvoir diffuser vos enregistrements, il est indispensable que vos parents donnent l'autorisation au collège d'utiliser vos voix.
- Pour enrichir vos émissions, ajoutez **des musiques, des jingles et des bruitages** : vous pouvez bien sûr les créer vous-même ou utiliser des licences libres comme Creative Commons.

Rédiger une nouvelle

34

Écrire une nouvelle peut constituer l'aboutissement d'un EPI, sous la forme d'un travail collectif ou individuel. Comment trouver des idées et rédiger un texte qui capte l'attention de vos lecteurs ?

1 *Imaginer un univers*

A Trouver des idées

▶ Choisissez un genre littéraire (nouvelle historique, fantastique, policière…) et **documentez-vous** pour en connaître les spécificités.

Vous écrivez une nouvelle historique dont l'action se situe durant la Première Guerre mondiale :

- introduisez des éléments caractéristiques de la vie quotidienne de cette époque (prénoms, vêtements, nourriture, métiers…),
- faites allusion à des événements historiques et à des lieux significatifs (la bataille de la Marne, le Chemin des Dames…),
- utilisez des mots associés à cette période (« tranchées », « poilus », « gueules cassées », « mutineries », « armistice »…).

▶ Au cours de vos recherches et lectures, **créez un mur d'idées** réel ou virtuel (avec le site Padlet). Collez-y des images et des mots qui vous inspirent : cela vous aidera à élaborer un univers propre à votre nouvelle.

B Créer des personnages et inventer une histoire

▶ Faites des **fiches d'identité détaillées** pour chaque personnage : nom, âge, description physique et morale, situation familiale et professionnelle, histoire, projets… Vous n'utiliserez pas forcément tous ces éléments, mais cela rendra vos personnages plus consistants.

▶ Créez la **trame** de votre histoire en utilisant le schéma narratif :

- **situation initiale** : été 1914, dans un village français, Jean et Suzanne se rencontrent et tombent amoureux…
- **élément perturbateur** : la guerre est déclarée, Jean est mobilisé.
- **péripéties** : Jean et Suzanne s'écrivent (vie dans les tranchées, vie à l'arrière, difficulté d'envoyer et de recevoir du courrier…).
- **dénouement** : Suzanne, devenue infirmière, parvient à le rejoindre au front, ou bien Jean est blessé et rentre au village…
- **situation finale** : Jean et Suzanne se marient.

▶ Votre trame doit être précise et détaillée. Il faut **déterminer la fin de l'histoire** avant de commencer à la rédiger.

2 *Rédiger le texte*

A Rédiger le premier jet

▶ Rédigez une première version de votre nouvelle (au brouillon ou sur ordinateur) en suivant la trame que vous avez élaborée.

▶ Terminez par **une chute**, c'est-à-dire un dénouement inattendu qui surprend le lecteur, et trouvez **un titre** qui intrigue le lecteur.

B Enrichir son texte

▶ **Étoffez** les passages qui peuvent l'être en ajoutant notamment des descriptions (du personnage principal, d'un lieu important…).

▶ **Complexifiez l'intrigue** en suggérant des événements passés sans les décrire (ellipses) ou en insérant des retours en arrière (expliquer une action par un événement antérieur au début de l'histoire).

▶ **Ajoutez quelques dialogues** pour rendre votre récit plus vivant et mettre en évidence les relations entre les différents personnages.

C Améliorer le style

▶ Jouez avec le **rythme du récit** : si les actions s'enchaînent rapidement, utilisez des énumérations de verbes. Parallèlement, prenez le temps de détailler certains événements.

> ASTUCE **Pour des nouvelles à suspens, commencez votre récit *in medias res* (« au milieu de l'action », sans introduction).**

▶ Vérifiez que vous respectez les règles de présentation du dialogue (guillemets, tirets).

▶ **Relisez-vous plusieurs fois** pour éliminer les éventuelles incohérences et les fautes d'orthographe.

CONSEILS PRATIQUES

- Pour un travail collectif, il faudra faire un travail d'**unification du style** entre les différents auteurs.
- Pour **éditer vos nouvelles**, il existe des sites qui expliquent comment fabriquer de petits livres. Illustrations et 4e de couverture donneront à votre texte l'apparence d'un vrai livre.
- Travaillez avec **un dictionnaire des synonymes**.

Monter une représentation théâtrale

35

Une représentation théâtrale peut être l'aboutissement d'un EPI, soit après avoir imaginé et écrit l'intrigue, soit en adaptant une œuvre existante. Le projet englobe aussi le travail de mise en scène et la représentation.

1 *La préparation du projet*

A Déterminer les éléments de base

▶ Comme pour une nouvelle (→ FICHE 34), choisissez d'abord **le genre** de la pièce (tragédie, comédie, tragi-comédie…).

▶ Créez **les personnages, l'intrigue et l'atmosphère**. Limitez le nombre de personnages : il ne peut y en avoir plus de trois ou quatre sur scène en même temps.

▶ Réfléchissez à **la division de la pièce en actes et en scènes** :
- 1 acte = 1 lieu = 1 décor ;
- changement de scène à chaque fois qu'un personnage entre ou sort.

▶ Ayez toujours à l'esprit la **réalisation pratique** de ce que vous proposez, notamment en ce qui concerne les costumes et les décors.

B Écrire la pièce

▶ L'intrigue théâtrale suit une **progression** du début à la fin :
- **scène d'exposition** : présentation des personnages et de l'intrigue ;
- **développement** de l'intrigue : rebondissements (coups de théâtre) ;
- **dénouement** : elle permet de connaître le sort final des différents personnages.

▶ Une pièce est uniquement constituée de **dialogues** mais les personnages de théâtre ne s'expriment pas comme dans la vie réelle. Leurs répliques doivent permettre aux spectateurs de comprendre le déroulement de l'intrigue.

2 *L'élaboration de la pièce de théâtre*

A Le travail de mise en scène

▶ Mettre en scène une pièce de théâtre, c'est s'approprier le texte et **proposer une interprétation**. Il faut réfléchir aux décors, aux costumes, aux lumières, au jeu des comédiens.

▶ La mise en scène est complémentaire du texte. Elle doit être **compréhensible par le public** et aller à l'essentiel.

ASTUCE **Pour vous inspirer, allez au théâtre, rencontrez des comédiens et des techniciens, visionnez des mises en scène différentes d'une même pièce…**

▶ Les costumes doivent permettre aux spectateurs d'**identifier les personnages**. Chacun peut porter un signe distinctif tel qu'un accessoire (chapeau, foulard…) ou une couleur.

▶ Prévoyez **un décor par acte**, simple et facilement identifiable par les spectateurs, qui tienne compte des dimensions de la scène.

B Le travail des comédiens

▶ Pour répartir les rôles, vous pouvez organiser des **auditions filmées** au cours desquelles les candidats jouent un petit extrait d'une scène. Pensez aussi aux personnages qui ne parlent pas, les **figurants**.

▶ Les comédiens doivent apprendre leur texte par cœur et connaître parfaitement toutes les indications de mise en scène.

ASTUCE **Tous les gestes et déplacements se font face au public.**

▶ Prévoyez une **doublure** pour les rôles les plus importants, c'est-à-dire un acteur de secours qui connaît parfaitement le rôle et peut remplacer l'acteur principal. Si vous faites plusieurs représentations, les comédiens peuvent éventuellement alterner.

3 *L'organisation de la représentation*

▶ Recherchez **un lieu pour la représentation** (dimensions adaptées, facilités pour l'éclairage, le son et les décors).

▶ Il faut également préparer la représentation : fixer le nombre et le prix des places, réaliser **l'affiche du spectacle** (→ FICHE 36), et réfléchir à la manière d'informer et d'attirer le public.

CONSEILS PRATIQUES

- Nommez un **responsable pour chaque pôle** : écriture, mise en scène, régie, costumes, décors…
- Fixez des **dates limites** précises pour la réalisation des costumes et des décors ou l'apprentissage du texte d'une scène.
- Organisez des **répétitions régulières** et une « générale », c'est-à-dire une répétition en condition avant le jour J (avec les décors, les accessoires et les costumes), afin de procéder aux derniers réglages.

Réaliser des documents de communication 36

Les documents de communication permettent de faire passer de manière efficace une information ou un message publicitaire. Ils peuvent par exemple être utiles dans le cadre de votre projet.

1 Pour informer : faire un panneau

A Le contenu

▶ Dans un premier temps, définissez les limites de votre sujet. Effectuez vos recherches et **triez les informations** à garder.

▶ Rédigez des textes **courts, précis et personnels.**

▶ Prévoyez un plan en 2 ou 3 parties pour chaque panneau afin que les lecteurs s'y retrouvent facilement. Expliquez les mots compliqués.

B Les illustrations

▶ Les illustrations doivent être variées (photos, cartes, schémas…), de bonne qualité et suffisamment grandes pour être vues de loin.

▶ Chaque illustration doit avoir **une légende** et il faut toujours citer **la source du document** (→ FICHE 26).

C La présentation

▶ Les titres et les textes doivent être tapés en assez gros caractères pour être **bien lisibles.** Variez la taille des caractères pour hiérarchiser le contenu. Soignez l'orthographe et la syntaxe.

> ASTUCE **Faites une maquette du panneau au brouillon avant de vous lancer dans sa réalisation.**

▶ Effectuez avec soin les tâches de découpage, collage, coloriage… : tout est important.

CONSEILS PRATIQUES

Pour intéresser le public, votre panneau doit être clair et aéré.

- Disposez les éléments de manière logique sur le panneau, dans le **sens de la lecture.** Vous pouvez numéroter les différentes parties de votre plan ou utiliser une couleur différente pour chacune.
- Répartissez bien les illustrations et **espacez** les différents éléments. Pour mieux les faire ressortir, encadrez-les au feutre.

2 Pour promouvoir : faire une affiche et/ou des flyers

A Le contenu

▶ Les documents promotionnels doivent être **clairs et attractifs** pour donner envie aux gens de se renseigner sur ce dont vous faites la publicité (un produit, un événement, un lieu…)

ASTUCE Vous pouvez créer un logo ou inventer un slogan pour donner plus de force à votre message.

▶ Ne faites figurer **que les informations essentielles** : nom, date, lieu, prix… Vous pouvez ajouter en plus petit un numéro de téléphone ou une adresse mail de contact.

▶ La plupart des affiches et des flyers reposent sur **un visuel unique**, qui occupe tout l'arrière-plan : le choix de cette image est donc particulièrement important.

Si vous réalisez une affiche pour promouvoir votre représentation théâtrale (→ FICHE 25), prenez des photographies lors d'une répétition : choisissez la plus réussie, celle qui donne le plus envie de venir voir la pièce.

B La mise en page

▶ Vous pouvez utiliser un **logiciel de traitement de texte** pour rédiger vos textes et effectuer la mise en page.

▶ Réalisez **plusieurs versions** pour choisir la plus efficace : essayez différentes polices et variez la disposition des éléments. Jouez sur les contrastes pour améliorer la lisibilité (textes de couleur claire sur un arrière-plan sombre, et inversement).

CONSEILS PRATIQUES

Fabriquer un dépliant

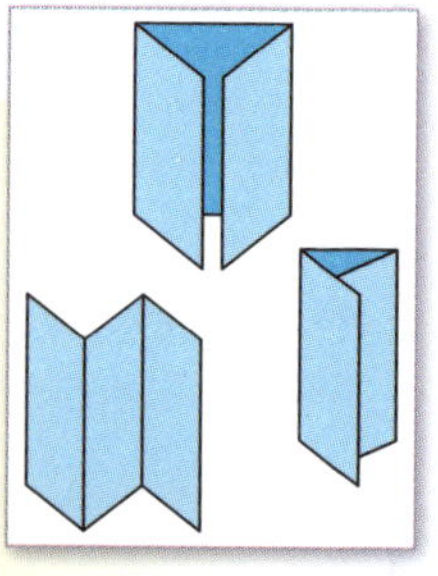

- Utilisez un **format paysage.** Sélectionnez 0,5 de marge pour l'impression puis choisissez le format 2 ou 3 colonnes. Il est possible de prévoir des traits entre les colonnes pour faciliter le pliage.
- Choisissez une **police simple et lisible** (Arial ou Calibri, par exemple) et limitez-vous à un maximum de 3 polices différentes pour tout le dépliant. Évitez les mots en italiques ou soulignés. Utilisez des couleurs, plutôt foncées pour qu'elles se voient bien.

Réaliser un diaporama avec PowerPoint

37

Un diaporama est un outil très utile pour illustrer un exposé. Vous pouvez être amené(e) à en réaliser un comme production concrète au terme de votre EPI, ou comme support pour enrichir votre soutenance (→ FICHE 7)*. Voici quelques conseils techniques pour vous aider.*

1 Concevoir et organiser son diaporama

▶ Faites le **plan** de votre diaporama au brouillon.

▶ Vous devez prévoir au moins :
- une diapositive-**titre** (titre de l'exposé, noms, classe, date)
- une diapositive d'**introduction** (problématique et plan)
- une diapositive par **sous-partie**
- une diapositive de **conclusion** (synthèse et bilan)
- une diapositive avec une **bibliographie/sitographie** (références des principales sources physiques et numériques utilisées)

2 Réaliser une diapositive efficace

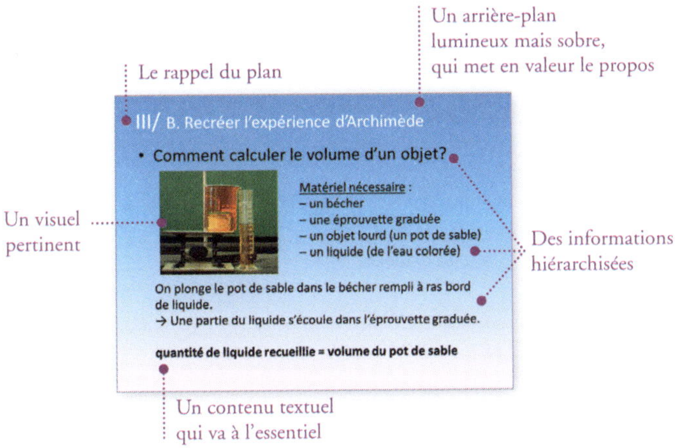

3 Utiliser efficacement les visuels

▶ Utilisez **des flèches et des blocs de texte** pour pointer les éléments que vous voulez mettre en valeur sur les cartes et les images :

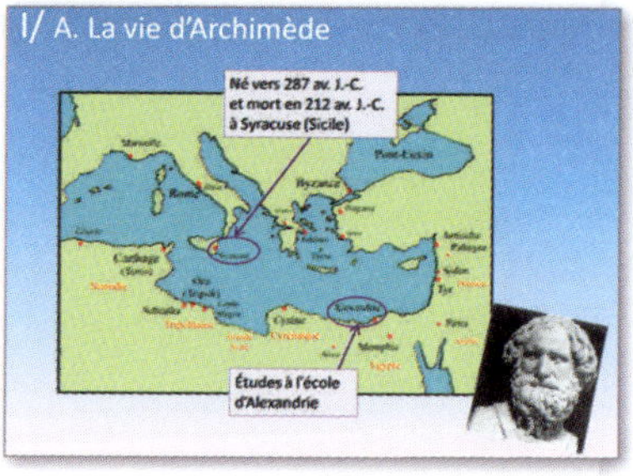

1. Dans l'onglet « Insertion », cliquez sur « Formes » ou « Zone de texte ».
2. Rendez-vous ensuite dans l'onglet « Format » pour modifier les formes et les couleurs des objets.
3. Pour modifier l'apparence du texte, utilisez l'onglet « Accueil ».

4 Intégrer une vidéo YouTube

1. **Sur YouTube**, en-dessous de la vidéo, cliquez sur « Partager » puis « Intégrer ».

2. Copiez le lien obtenu.
3. **Dans l'onglet « Insertion » de PowerPoint**, cliquez sur « Vidéo » et « Vidéo à partir d'un site Web ».

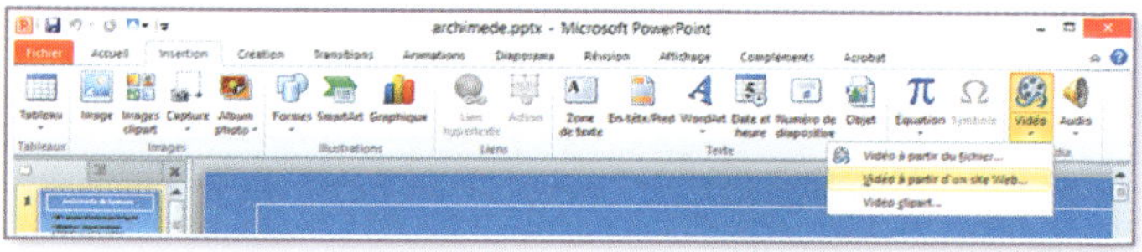

4. Collez le lien dans la fenêtre qui s'affiche et cliquez sur « Insertion ».
5. La vidéo apparaît sous la forme d'un rectangle noir : faites un clic droit et cliquez sur « Aperçu » pour visualiser la première image.

CONSEIL PRATIQUE

- Assurez-vous d'avoir **accès à Internet** le jour de votre présentation.
- Si ce n'est pas le cas, **téléchargez la vidéo** et sauvegardez-la dans le même dossier que votre présentation. Utilisez la fonction « Vidéo à partir d'un fichier » pour l'insérer dans le diaporama.

Méthode express 38

Organiser son travail (2)

Les étapes de préparation d'un projet

1 Faire un brainstorming

- Quel est l'objectif ? Comment l'atteindre ?
- Notez toutes les idées qui émergent, puis faites le tri.

2 Définir les étapes du projet

- Commencez par définir 3 ou 4 grandes étapes.
- À mesure que vous avancez, subdivisez les étapes en tâches à effectuer.

3 Distribuer les rôles

- Efforcez-vous de satisfaire tous les membres du groupe.

4 Prévoir le matériel et le budget nécessaires

- Prévoyez une marge si de nouveaux besoins apparaissent au cours du projet.

5 Établir un planning

- Partez de l'échéance finale et prévoyez de terminer quelques jours avant la date butoir.

6 Faire des points réguliers

- Réunissez-vous plusieurs fois au cours du travail.
- Ajustez le planning si nécessaire.

7 Faire le bilan du projet

- Réfléchissez d'abord individuellement, puis mettez en commun.

Les bons réflexes à adopter pendant l'année

Tenir un journal de bord et garder une trace de tout le travail effectué (documents, réunions…).

Faire un planning et le réajuster au fur et à mesure.

Communiquer avec son équipe, faire des points réguliers.

Prendre des notes et des photographies lors d'activités en lien avec le projet.

Être curieux(-se) et à l'écoute :
- en classe et durant le stage ;
- lors des séances de travail en groupe ;
- au quotidien (actualités en lien avec le projet...).

Exemple n° 1 : Présenter un diaporama sur un savant de l'Antiquité

39

FICHE D'IDENTITÉ

Thème de l'EPI	Langues et cultures de l'Antiquité
Intitulé	**Les sciences dans l'Antiquité**
Parcours	Parcours d'éducation artistique et culturelle
Disciplines	Mathématiques / Français
Durée	1 trimestre
Problématique	En quoi les découvertes scientifiques de l'Antiquité constituent-elles un élément essentiel pour la science moderne ?
Projet	Réalisation d'un **diaporama** sur un savant de l'Antiquité

LES GRANDES ÉTAPES DU PROJET

Définir le sujet

▶ Il faut d'abord **comprendre la problématique** et choisir, par groupe de deux ou trois élèves, un savant de l'Antiquité grecque parmi une liste proposée par les professeurs (Thalès de Milet, Pythagore, Archimède de Syracuse…).

▶ **Objectifs** :
– découvrir ce qui a permis l'éclosion de l'esprit scientifique dans le monde grec du VIe au IVe siècle av. J.-C. ;
– maîtriser le vocabulaire propre aux sciences pour expliquer les recherches, les théorèmes et les figures géométriques.

ASTUCE **Le diaporama devra comporter autant de diapositives sur les démonstrations mathématiques que sur le mode de vie des savants de l'Antiquité.**

Collecter des informations

▶ Faites une recherche au CDI (→ FICHE 27), d'abord dans des livres puis sur Internet (→ FICHE 28) en privilégiant les **sites officiels**.

▶ Au fil de vos recherches, sélectionnez des **illustrations**.

PROJET (EPI)

Réaliser le diaporama (→ FICHE 37)

▶ Organisez vos idées selon **un plan de 4 parties maximum**.

Archimède de Syracuse

1. Le monde scientifique au IVe siècle av. J.-C.
2. Les découvertes d'Archimède en géométrie
3. Ses découvertes en physique
4. Ses découvertes dans le domaine de l'optique

▶ Utilisez les modèles de thème et de mise en page présents sur Impress. Annoncez chaque partie avec une **diapositive unique** (→ FICHE 7).

▶ Sur chaque diapositive, résumez l'idée principale et illustrez-la avec des images trouvées sur Internet, dans des livres ou des magazines ou réalisées par vous-même.

- 1re partie : trouvez une carte du monde grec au IVe siècle av. J. C. et un plan de la ville d'Alexandrie.
- 2e partie : réalisez des figures qui expliquent le calcul de l'aire du disque.

▶ N'ajoutez les effets et les transitions qu'après avoir fini le montage : restez sobre.

PISTES POUR L'ORAL

▶ **Étapes du projet** : recherches, tri et organisation des informations, sélection des illustrations, élaboration du diaporama.

▶ **Difficultés rencontrées et solutions trouvées** :

- se mettre d'accord sur les informations à conserver
  → discussions jusqu'à ce que tout le groupe soit d'accord
- faire des diapositives aérées
  → se limiter à une idée clé par diapositive

▶ **Bilan** :

- **Connaissances** : vie des savants dans l'Antiquité, liens entre l'histoire des sciences et la science moderne.
- **Compétences** : présenter des informations de manière synthétique ; utiliser le logiciel Impress.
- **Apport personnel** : intérêt renforcé pour l'Antiquité et/ou pour la science.

Exemple n° 2 : Présenter un blog de classe

40

FICHE D'IDENTITÉ

Thème de l'EPI	Culture et création artistiques
Intitulé	**L'autoportrait dans l'art et la littérature**
Parcours	Parcours d'éducation artistique et culturelle
Disciplines	Français / Arts plastiques
Durée	20 heures
Problématique	Comment utiliser les outils de communication contemporains pour renouveler le genre de l'autoportrait ?
Projet	Réalisation d'un **blog** de classe

LES GRANDES ÉTAPES DU PROJET

Dégager les caractéristiques de l'autoportrait dans l'art et la littérature

▶ En cours de français, vous réfléchissez au genre de **l'autobiographie** (formes diverses, vocabulaire, expression du temps, énonciation, implicite). Intéressez-vous plus particulièrement à la manière dont se décrivent les auteurs, physiquement et moralement.

Inspirez-vous du mythe de Narcisse, d'extraits de Montaigne, La Rochefoucauld, Rousseau, Michel Leiris, ou encore de *Persepolis* de Marjane Satrapi.

▶ Définissez **l'autoportrait**, son évolution à travers les époques, les techniques utilisées et ses fonctions.

Étudiez une œuvre appartenant au genre de la vanité, l'*Autoportrait* de Nicolas Poussin, le *Buste de femme et autoportrait* de Picasso, *La colonne brisée* de Frida Kahlo ou encore un des autoportraits de Robert Doisneau.

▶ Faites une **fiche** sur chaque œuvre étudiée en mettant en valeur les caractéristiques principales : vous pourrez vous en inspirer pour réaliser vos propres travaux.

Concevoir le blog

▶ Proposez **un contenu riche** qui associe plusieurs techniques.

Exemple : autoportraits photographiques avec un objet symbolique, accompagnés des réponses au questionnaire de Proust (→ DÉPLIANT VII & VIII).

▶ Rédigez **un texte de présentation** que vous publierez sur le blog pour expliquer votre projet.

Créer et faire vivre le blog (→ FICHE 32)

▶ Trouvez **un titre** pour le blog qui permette de comprendre de quoi il s'agit. Pour cela, faites un brainstorming (chacun donne ses idées) puis votez pour choisir le meilleur titre.

Face au miroir, Autoportraits, Trait pour trait…

▶ Organisez le contenu du blog par **rubriques**.

▶ **Photographiez toutes vos réalisations** et publiez-les pour illustrer les articles expliquant votre démarche.

▶ Publiez les articles au fur et à mesure de vos créations et n'hésitez pas à écrire des **commentaires** sur les articles de vos camarades en étant toujours respectueux de leur travail.

PISTES POUR L'ORAL

▶ **Étapes du projet** : réflexion sur l'autoportrait, conception et création du blog, rédaction des articles, réalisations artistiques…

▶ **Difficultés rencontrées et solutions trouvées** :

Difficulté : avoir un rythme de publication régulier
→ solution : nomination d'un(e) responsable planning qui rappelait à chacun les échéances principales

▶ **Résultat** : avez-vous eu beaucoup de visiteurs ? Ont-ils laissé des commentaires ?

▶ **Bilan** :

- **Connaissances** : découverte de l'autoportrait, sensibilisation aux dangers d'Internet (que puis-je publier ?).
- **Compétences** : création et gestion d'un blog.
- **Apport personnel** : réflexion sur moi-même et sur la manière dont je me perçois et dont les autres me perçoivent.

Exemple n° 3 : Présenter la création d'une exposition

41

FICHE D'IDENTITÉ

Thème de l'EPI	Information, communication et citoyenneté
Intitulé	**L'image au service de la propagande**
Parcours	Parcours citoyen
Disciplines	Histoire / EMC / Français
Durée	1 trimestre
Problématique	Comment les régimes totalitaires utilisent-ils la propagande pour servir leur idéologie ?
Projet	Réalisation de panneaux et d'une **exposition** dans le cadre de la Semaine de la presse

LES GRANDES ÉTAPES DU PROJET

Comprendre le sujet

▶ Les professeurs demandent à chaque élève ou groupe d'élèves de **travailler sur un panneau** en particulier.

▶ Il faut d'abord **comprendre le sujet**, afin de pouvoir **définir un plan** et sélectionner les aspects à aborder dans le panneau.

▶ **Faites des recherches** (→ FICHES 26 À 28) sur la propagande et les deux régimes totalitaires ; collectez des affiches.

Analyser les affiches

▶ Pour le panneau, il faut **éclairer un aspect de la propagande** en se basant sur des exemples de documents.

▶ Pour chaque document choisi, suivez ces trois étapes :
1. **présentation** : sa date de création, son auteur (s'il est connu), le commanditaire, ses destinataires, le contexte historique ;
2. **description** : son contenu visuel, puis son contenu écrit (message, slogan…) et enfin la composition de l'affiche ;

PROJET (EPI)

3. analyse : expliquez le sens et la portée du document, décryptez les moyens utilisés pour manipuler l'image.

▶ Une fois le(s) document(s) présenté(s), décris et analysé(s), **faites un bilan** en montrant, pour le sujet traité, les points communs et les différences entre les deux régimes totalitaires.

Réaliser le panneau (→ DÉPLIANT IX & X)

▶ Rédigez les **textes**, choisissez la **mise en page** et sélectionnez les **illustrations** (→ FICHES 31 ET 36).

▶ Il faut aussi insérer un **lexique** avec les notions essentielles ou les définir dans le texte (embrigadement, culte de la personnalité...).

Organiser l'exposition

▶ Vous devez choisir un lieu adapté et créer un **parcours d'exposition** cohérent pour la présentation des œuvres.

▶ Faites la promotion de votre exposition en réalisant des affiches et/ou des flyers (→ FICHE 36).

PISTES POUR L'ORAL

▶ **Étapes du projet** : recherches, réalisation du panneau, organisation de l'exposition.

▶ **Difficultés rencontrées et solutions trouvées** :

- affiches en langue étrangère pas toujours traduites
→ utilisation de dictionnaires en ligne
- beaucoup de choix
→ déterminer quelle affiche est la plus intéressante à étudier

▶ **Résultat** : sondez les visiteurs à la sortie de l'exposition pour recueillir leurs impressions.

▶ **Bilan** :

- **Connaissances** : découverte des techniques de propagande et des caractéristiques des régimes totalitaires.
- **Compétences** : utilisation des outils numériques ; organisation d'un événement public.
- **Apport personnel** : développement d'un esprit critique.

Exemple n° 4 : Présenter la création d'un jardin partagé

42

FICHE D'IDENTITÉ

Thème de l'EPI	Transition écologique et développement durable
Intitulé	**Créer un jardin partagé**
Parcours	Parcours citoyen
Disciplines	Géographie / EMC / SVT
Durée	1 semestre
Problématique	Où et comment créer un jardin aménagé dans le cadre de la politique de réhabilitation de la ville ?
Projet	Réalisation d'un **jardin partagé**

LES GRANDES ÉTAPES DU PROJET

Définir des objectifs

▶ Un jardin partagé est **un espace ouvert sur la nature** où chacun peut partager ses compétences.

▶ Vous devrez définir **à qui il sera accessible** et **dans quel but** vous le mettez en place. Tenez un journal de bord pour y consigner toutes les étapes de votre réflexion (→ FICHE 24).

Choisir les plantations et les techniques de culture

▶ Vous pouvez envisager **toutes sortes de plantations.**

- Fruits et légumes (épicerie solidaire)
- Plantes aromatiques (sachets de tisane)
- Fleurs (bouquets)

▶ Le choix des variétés est important (plutôt rustiques, précoces ou à longue croissance en fonction des vacances...).

▶ Ce jardin vous permet d'étudier **les différentes techniques de culture** qui préservent le vivant et l'environnement (agriculture raisonnée, biologique, permaculture…) et ainsi de mieux comprendre l'impact de l'homme sur la nature.

Trouver le terrain

▶ Déterminez quel est **le meilleur emplacement** pour mettre en place un jardin. Vous pouvez recourir à des SIG, qui sont des logiciels de géolocalisation.

▶ La parcelle doit être facilement accessible et il faut prévoir un abri pour ranger les outils et un point d'eau pour l'arrosage.

▶ Demandez à la mairie l'autorisation d'utiliser la parcelle choisie : une convention d'occupation est établie entre le collège et le propriétaire de la parcelle. Envisagez de mettre en place un **partenariat avec une association**.

Réaliser le jardin

▶ Il faut **établir un budget** pour l'achat d'outils, semences et plants.

▶ Chaque groupe d'élèves peut déterminer le contenu de ses plantations mais l'ensemble de la classe doit réfléchir aux **règles de fonctionnement du jardin** et à un planning prévisionnel. Il est également conseillé d'y installer un compost.

PISTES POUR L'ORAL

▶ **Étapes du projet** : recherches sur les techniques de jardinage, choix du terrain, mise en place du jardin, entretien…

▶ **Difficultés rencontrées et solutions trouvées** :

- trouver une parcelle disponible et utilisable
→ demande d'aide au professeur
- gérer le jardin au quotidien (arrosage, entretien du matériel…)
→ tableau de répartition des tâches, arrosage automatique

▶ **Résultat** : votre jardin est-il bien accueilli par les habitants ?

▶ **Bilan** :

- **Connaissances** : jardinage, étude de la politique de la ville.
- **Compétences** : utilisation d'un SIG (Géoportail), gestion d'un budget et d'un planning.
- **Apport personnel** : sensibilisation à l'impact de l'homme sur la nature et aux enjeux du développement durable.

Présenter un objet d'étude abordé en histoire des arts

43

Vous pouvez choisir de présenter une œuvre d'art ou une thématique étudiée au cours du collège, dans le cadre de l'enseignement d'histoire des arts.

1 Comment se préparer ?

A Choisir un objet d'étude qui vous intéresse

▶ Votre professeur vous fournira une liste des œuvres et/ou thématiques étudiées pour vous permettre de faire votre choix.

▶ Pour que votre présentation soit convaincante, ne choisissez pas un sujet par défaut : sélectionnez une œuvre qui vous a plu ou qui vous a interpellé(e). Vous devez être capable de **justifier votre choix.**

Vous choisissez de présenter *Electronic Superhighway* de Nam June Paik (→ FICHE 59), étudiée en cours d'histoire, car l'œuvre vous a impressionné(e) par ses dimensions et que l'utilisation de la télévision vous a semblé intéressante et novatrice.

B Observer et analyser l'œuvre

▶ **Faites des recherches** sur l'œuvre (→ FICHES 26 À 28) pour mieux en comprendre les enjeux : artiste, contexte historique, mouvement artistique, œuvres similaires… Mais attention : le copier-coller ne passera pas inaperçu !

▶ S'il est important de nourrir votre analyse en vous documentant sur l'œuvre, c'est avant tout **votre analyse personnelle** qui sera valorisée : quel effet l'œuvre produit-elle sur vous ?

Après vous être renseigné(e) sur la démarche de Nam June Paik, réfléchissez à l'image que vous avez des États-Unis : en quoi l'œuvre fait-elle écho à votre propre représentation ? ou au contraire, en quoi s'en démarque-t-elle ?

C Construire la présentation

▶ Organisez votre présentation **en trois étapes** :

I. **Situer** l'œuvre
II. **Analyser** l'œuvre
III. **Interpréter** l'œuvre

▶ Concluez votre présentation en exprimant **votre opinion personnelle** et en faisant éventuellement **des liens avec d'autres œuvres.**

2 *Quels supports utiliser le jour J ?*

A Des fiches synthétiques

Préparez une fiche par partie. Chaque fiche ne doit comporter que **les idées clés**, car le jour J, il ne faut pas la lire.

▶ **Fiche 1 : Présentation**

Nommer et caractériser l'œuvre	*Cette œuvre s'intitule…* (titre). *Il s'agit d'un/d'une…* (genre).
Présenter l'artiste	*Elle a été réalisée par…* (nom de l'artiste) *en…* (date). Dire quelques mots sur l'auteur.
Présenter le contexte	Caractériser le contexte historique (l'époque) et esthétique (le mouvement culturel et artistique dans lequel s'inscrit l'artiste).

▶ **Fiche 2 : Analyse**

Décrire de manière globale	Préciser la technique, les dimensions, le thème général de l'œuvre, le lieu où elle est conservée.
Faire une description détaillée	Décrire la composition, les différents motifs, les couleurs, la lumière, le décor, les personnages…

▶ **Fiche 3 : Interprétation**

Expliquer la signification de l'œuvre	Dégager l'intention de l'artiste, analyser l'effet produit.
Exprimer votre sentiment personnel	Expliquer **pourquoi vous avez choisi cette œuvre.** Pourquoi vous a-t-elle particulièrement touché(e) ? Avez-vous visité une exposition de l'artiste ?
Comparer avec une autre œuvre	Citer si possible une œuvre proche (même thème, même technique, même artiste…).

B Un support visuel

▶ Renseignez-vous pour savoir si le jour de l'examen vous disposerez d'un ordinateur et d'un vidéoprojecteur. Si c'est le cas, vous pouvez réaliser **un diaporama** (→ FICHES 7 ET 37).

▶ Si ce n'est pas le cas, imprimez au moins **une reproduction de l'œuvre** pour chaque membre du jury, voire un court dossier réunissant les visuels que vous allez utiliser (œuvres similaires, agrandissement d'un détail de l'œuvre, etc.).

La Femme au chapeau, Henri Matisse (1905)

44

Présentez La Femme au chapeau d'Henri Matisse : évoquez son contexte de création, puis décrivez l'œuvre elle-même avant d'en donner une interprétation personnelle.

■ Henri Matisse,
La Femme au chapeau, 1905
Museum of Modern Art,
San Francisco, États-Unis
Huile sur toile.
Dim. : 80,65 × 59,69 cm.
(→ DÉPLIANT I)

1 *Situer l'œuvre*

A Henri Matisse (1869-1954)

▶ *La Femme au chapeau* est un portrait peint par Henri Matisse. Après des études de droit, il découvre la peinture et notamment l'**impressionnisme**, avant de créer son propre style.

▶ Matisse est aussi l'auteur de sculptures, gouaches découpées, dessins et vitraux. Il est, avec Picasso, l'un de ceux qui font **entrer l'art dans la modernité** en accordant autant d'importance à la forme qu'au fond.

B Le fauvisme

▶ Le tableau est exposé au Salon d'Automne à Paris en 1905 et provoque un **scandale** à cause de ses couleurs très vives.

▶ Un critique d'art, choqué par cette peinture qui ne recherche pas avant tout la ressemblance, invente alors pour Matisse et ses amis Derain et Vlaminck le terme de **« fauvisme ».**

INFO **Les fauves se distinguent par l'utilisation de la couleur, qui devient plus importante que le sujet même du tableau.**

2 Observer et analyser l'œuvre

A Une femme avec un chapeau

▶ Le tableau est le **portrait d'Amélie Matisse**, la femme du peintre. Elle a tous les attributs de la femme bourgeoise : riche chapeau à plumes, gant, éventail.

▶ Le visage, de trois-quarts, est traversé par une **longue trace verte** qui représente l'ombre du nez. Les reliefs du visage sont rendus par des taches de couleurs différentes.

B Le rôle de la couleur

> INFO **Un aplat est une application égale et régulière de la peinture.**

▶ Le peintre a utilisé de **larges aplats** qui ne permettent pas de distinguer les détails. Par exemple, les taches de couleurs qui apparaissent sur l'éventail sont sans doute les fleurs d'un bouquet mais on ne les distingue pas précisément.

▶ L'arrière-plan est un simple **jeu de correspondances colorées.**

3 Interpréter l'œuvre

A Une remise en question du portrait

Matisse crée une rupture avec les codes classiques de la représentation : il préfère **l'interprétation personnelle d'un visage** à son imitation. C'est, en 1905, une démarche extrêmement novatrice et choquante pour nombre de ses contemporains.

B Le manifeste d'un art d'avant-garde

▶ L'emploi de **la couleur** sans lien avec la réalité est l'autre grande innovation de ce portrait et la principale caractéristique du fauvisme.

▶ Les couleurs, vives et contrastées, éclatent littéralement sous l'œil du spectateur. Elles reflètent **les sentiments du peintre**, servent à rendre l'ombre et la lumière et remplacent la perspective.

POUR OUVRIR ET CONCLURE

Au salon d'Automne de 1905, d'autres toiles d'artistes « fauves » sont accrochées : observez notamment le portrait de Matisse par Derain (→ *bit.ly/Oral3e_p94a*) ou encore celui de Derain par Vlaminck (→ *bit.ly/Oral3e_p94b*).

Le Cheval majeur, Raymond Duchamp-Villon (1914)

45

Présentez Le Cheval majeur de Raymond Duchamp-Villon : évoquez son contexte de création, puis décrivez l'œuvre elle-même avant d'en donner une interprétation personnelle.

■ Raymond Duchamp-Villon, *Le Cheval majeur*, 1914. Collection privée et Centre Georges Pompidou, Paris. Bronze. Dim. : 150 × 97 × 153 cm. 550 kg.

1 *Situer l'œuvre*

▶ Raymond Duchamp-Villon (1876-1918) est un artiste autodidacte qui a exposé très vite. Attiré par la **sculpture monumentale**, il a voulu renouveler le mouvement cubiste avec un groupe d'artistes réunis au sein de la **Section d'or.**

▶ Ensemble, en se référant au Nombre d'or antique qui régissait les **proportions idéales**, ils ont exposé leurs œuvres de 1912 à 1914.

▶ Raymond Duchamp-Villon réalise *Le Cheval majeur* en plâtre en août 1914, au moment où **la guerre** éclate, dans un contexte marqué par l'**industrialisation.**

2 *Analyser l'œuvre*

A Les différentes versions

▶ *Le Cheval majeur* a été réalisé en plusieurs versions, avec **des dimensions et des matériaux divers** : Raymond Duchamp-Villon conçoit un petit cheval en plâtre, de 44 cm de hauteur, en 1914, avant de mourir à la guerre.

▶ Ce sont ses frères qui réalisent de manière posthume la sculpture aux dimensions monumentales dont il rêvait : haute de 1,50 m, elle est alors coulée **en bronze puis en acier**.

B Les formes

▶ Les formes, réalisées après de nombreuses esquisses, sont épurées. Des **formes géométriques** arrondies se mêlent à d'autres plus rectilignes.

▶ On distingue la tête, la crinière et les sabots du cheval mais aussi des bielles et des pistons.

3 *Interpréter l'œuvre*

▶ Cette œuvre est **au croisement des esthétiques cubiste et futuriste**. Elle exprime la synthèse entre la force animale et la robustesse de la machine. Elle est ainsi le reflet de l'époque de la deuxième révolution industrielle et du début de la Grande Guerre.

▶ L'industrialisation inspire d'autres sculpteurs de l'époque, comme Boccioni, ou le frère de l'artiste, Marcel Duchamp.

POUR OUVRIR ET CONCLURE

Au début du XXe siècle, d'autres jeunes sculpteurs innovent et s'éloignent de la sculpture du maître Rodin.

• **Constantin Brâncuşi (1816-1956).** Il utilise le marbre et le bronze, estompe les traits, élimine les détails. Voir par exemple *La Muse endormie*, 1909 (→ *bit.ly/Oral3e_p96a*).

• **Umberto Boccioni (1882-1916).** Son œuvre *Formes uniques de continuité dans l'espace* (1912) rappelle *Le Cheval majeur* par la force et la vitesse du mouvement (→ *bit.ly/Oral3e_p96b*).

• **Marcel Duchamp (1887-1968).** Influencé par la modernisation de la société, il pense que le seul choix de l'artiste suffit à faire d'un objet une œuvre d'art. Voir par exemple : *Roue de bicyclette*, 1913.

Hommage à Blériot, Robert Delaunay (1914)

46

Présentez Hommage à Blériot de Robert Delaunay : évoquez son contexte de création, puis décrivez l'œuvre elle-même avant d'en donner une interprétation personnelle.

■ Robert Delaunay, *Hommage à Blériot*, 1914. Kunstmuseum, Bâle, Suisse. Tempera sur toile. Dim. : 250 × 251 cm.

1 *Situer l'œuvre*

▶ *Hommage à Blériot* est **une toile de grande taille** présentée au Salon des Indépendants de 1914 à Paris. Le tableau présenté a été partiellement détruit mais une autre version définitive et cinq esquisses ont été conservées.

▶ Le tableau commémore la **première traversée de la Manche** par Louis Blériot en 1909, de Calais à Douvres, à bord de l'avion Blériot XI. Cet exploit a inspiré de nombreux artistes.

> INFO **Le Blériot XI est composé d'une structure en bois motorisée, recouverte d'une toile.**

▶ Le titre exact de l'œuvre est *Disques solaires, simultané forme : au grand constructeur Louis Blériot* : Robert Delaunay célèbre l'ingénieur et **l'homme de progrès.**

HISTOIRE DES ARTS

2 Observer et analyser l'œuvre

A La célébration d'un exploit

▶ Le tableau représente **l'avion de Blériot** sous différents angles : en bas, on distingue l'hélice, les ailes et les roues. En haut, deux avions apparaissent.

▶ Le tableau suggère également **la scène de l'hommage** qui a été rendu à l'aviateur par la présence de silhouettes et de la tour Eiffel : 100 000 personnes étaient venues l'accueillir à Paris.

B Le mouvement et la couleur

▶ Robert Delaunay porte l'essentiel de son travail sur le rendu de la lumière et du mouvement.

▶ Son ambition est de **représenter un « mouvement statique »** : de nombreux cercles peints de couleurs complémentaires, vives et contrastées, permettent à l'œil d'être guidé dans sa perception.

3 Interpréter l'œuvre

A Un tableau dans l'air du temps

▶ Robert Delaunay a créé une œuvre **moderne** et en phase avec son époque. Elle traduit en effet les préoccupations du moment, à la veille de la Première Guerre mondiale : pour la première fois, des avions vont être utilisés à des fins militaires.

▶ En célébrant un héros national, elle constitue **un acte patriotique**.

B Le simultanisme

▶ *Hommage à Blériot* s'inscrit dans une période où les artistes d'avant-garde cherchent de **nouvelles façons de représenter le réel.** L'enjeu n'est plus tant l'objet représenté que les moyens de rendre sa perception visuelle.

▶ Dans cette optique, Robert Delaunay et sa femme Sonia développent une technique fondée sur des contrastes de couleur qui génèrent une énergie : le **simultanisme.**

POUR OUVRIR ET CONCLURE

Pour approfondir votre connaissance de l'œuvre de Robert Delaunay et établir des comparaisons avec *Hommage à Blériot*, vous pouvez consulter le site du Centre Pompidou.

Chrysler Building, William Van Alen (1928-1930)

47

Présentez le Chrysler Building de William Van Alen : évoquez son contexte de création, puis décrivez l'œuvre elle-même avant d'en donner une interprétation personnelle.

■ Chrysler Building, 1930. New York City, États-Unis.
(→ DÉPLIANT II)

1 *Situer l'œuvre*

▶ William Van Alen (1883-1953) est un **architecte** américain. Walter Chrysler, magnat de l'automobile, lui demande de construire à New York le plus haut bâtiment du monde à la gloire de son entreprise.

▶ Le Chrysler Building est un gratte-ciel conçu dans le style **Art déco**, qui se caractérise par une pureté des formes. Il est construit et **inauguré en 1930** après deux années de travaux, à l'angle de Lexington Avenue et de la 42e rue.

INFO **Le nom Arts déco vient de l'Exposition internationale des arts décoratifs et industriels modernes organisée à Paris en 1925. Ce style se répand ensuite dans le monde entier.**

▶ Construit en **béton armé**, il est l'un des plus célèbres gratte-ciel de la ville.

2 Analyser l'œuvre

INFO Le Chrysler Building sera le plus haut monument du monde jusqu'à la construction de l'Empire State Building, un an plus tard, en 1931.

▶ D'une hauteur de **319 mètres**, le Chrysler Building comporte 77 étages. La tour est surmontée d'une flèche de 58,4 mètres puis d'une aiguille de 38 mètres.

▶ Les décorations d'angles, peu nombreuses, représentent des **aigles**, emblème de la marque automobile. L'intérieur, très élégant, est composé de matériaux luxueux (granit, acier, marbre, bois exotiques).

3 Interpréter l'œuvre

A Un symbole de la puissance américaine

▶ Dans cette époque de **prospérité économique** qui suit la Première Guerre mondiale et précède la crise des années 1930, les États-Unis affichent leur puissance par la construction de gratte-ciel de plus en plus hauts.

▶ Ils sont devenus la **première puissance économique mondiale** et New York la première place financière du monde.

B Un monument Art déco

▶ Les années 1920 sont une période d'**avant-garde artistique**. En architecture, on recherche également de nouvelles esthétiques et techniques, de nouveaux matériaux, comme en témoigne le style Art déco.

▶ Il se caractérise notamment par une simplification et une **géométrisation des formes**, en écho au cubisme en peinture.

POUR OUVRIR ET CONCLURE

Les années 1920 sont celles du renouvellement et de l'avant-garde dans tous les domaines artistiques, y compris l'architecture.

• **Le Bauhaus.** Ce mouvement allemand fondé en 1927 cherche à lier les arts plastiques avec l'architecture, l'artisanat et l'industrie. Pour en savoir plus : → *bit.ly/Oral3e_p100a.*

• **Antonio Gaudí.** À sa mort en 1927, l'architecte catalan Antonio Gaudí travaille depuis 43 ans (1884) sur un projet fou, la Sagrada Família, à Barcelone. Pour en savoir plus : → *bit.ly/Oral3e_p100b.*

1870-1930 : De la Belle Époque aux années folles

LE CONTEXTE

Un peu d'histoire...

▶ Une grave dépression économique et l'humiliation de la défaite de 1871 contre la Prusse, à la suite de laquelle la France se voit amputée de l'Alsace-Moselle, favorisent le développement d'un fort sentiment national : la France, pour retrouver son honneur, se lance dans **l'expansion de son empire colonial**.

▶ Après la Première Guerre mondiale, les décennies de paix qui l'ont précédée seront désignées avec nostalgie sous le nom de **Belle Époque**, même si dans les faits les conditions de vie des ouvriers restent précaires.

▶ À partir de 1920 commence une **période de croissance économique et de progrès social** : la France doit reconstruire et repeupler le pays. Ce sont « les années folles » : la jeune génération qui a grandi pendant la guerre veut oublier la guerre et profiter de la vie.

▶ Le **krack boursier de Wall Street**, qui a déclenché en 1929 une crise économique mondiale, vient mettre fin à cette période d'insouciance.

Et l'art dans tout ça ?

▶ De nouveaux mouvements artistiques se créent en réaction à un art classique et codifié : l'impressionnisme, l'art nouveau, le cubisme et le début de l'abstraction. Les deux expositions universelles de Paris de 1889 (Tour Eiffel) et de 1900 témoignent de l'**effervescence artistique** de cette période.

▶ Paris devient la **capitale mondiale des avant-gardes** (surréalisme, dadaïsme, art déco…). C'est aussi à cette période que se développe une **culture populaire** grâce à la radio et au cinéma : les Français découvrent Charlie Chaplin et le jazz.

MOUVEMENTS CLÉS

▶ L'impressionnisme

Ce mouvement s'est développé en France dans la seconde moitié du XIXe siècle. Les artistes représentent la réalité en privilégiant l'impression d'ensemble. Ils peignent des sujets banals dans la lumière naturelle (ex. *Impression, soleil levant* de Monet, 1872).

▶ Le cubisme

Le cubisme apparaît au début du XXe siècle et révolutionne la manière de représenter le réel : les objets ou les sujets sont décomposés et réassemblés de manière abstraite en privilégiant les formes géométriques.

■ *La partie de cartes,* Fernand Léger. Huile sur toile, 129 × 193 cm, 1917. Musée Kröller-Müller, Otterlo, Pays-Bas.

▶ L'art nouveau et l'art déco

À l'aube du XXe siècle, l'art nouveau réintroduit une sensibilité végétale dans un monde industriel. En contre-pied, l'art déco prône un retour à l'ordre classique, caractérisé par l'emploi des couleurs et une organisation harmonieuse de l'espace.

■ Station Abbesses à Paris, Hector Guimard, vers 1912.

Bilan express

Affiche antibolchevique, Adrien Barrère (1919)

49

Présentez l'affiche antibolchevique d'Adrien Baneux, dit Barrère : évoquez son contexte de création, puis décrivez l'œuvre elle-même avant d'en donner une interprétation personnelle.

■ Adrien Baneux, dit Barrère, *L'Homme au couteau entre les dents*, 1919
Affiche, lithographie.

1 *Situer l'œuvre*

A Barrère

▶ Adrien Baneux (1874-1931), dit Barrère, est un **affichiste, peintre et caricaturiste** français qui a réalisé des centaines d'affiches pour le cinéma, notamment pour les studios Pathé, et des affiches pour le théâtre d'épouvante.

▶ Il est donc habitué à réaliser des affiches très expressives et frappantes. On loue à cette époque sa « verve » et son **« imagination débridée »**.

B La peur du communisme

▶ Cette affiche lui a été commandée en 1919 par un groupe d'industriels de la banlieue parisienne, à l'approche des **élections législatives**.

▶ Le patronat est effrayé par les **révolutions bolcheviques** de 1917, qui ont renversé le régime tsariste, et par la propagation de leurs idées dans des pays traumatisés par la Grande Guerre.

2 *Observer l'œuvre*

A Une caricature effrayante

▶ Le dessin représente en gros plan un visage terrifiant, hirsute, les yeux exorbités, les dents apparentes, mal rasé. Ses traits sont grossiers et forcés : c'est une **caricature**.

▶ Le couteau acéré que le personnage tient entre les dents dégouline de sang. Les seules couleurs utilisées sont le **rouge** et le **noir**.

B Le slogan et la signature

▶ Le **slogan** « Comment voter contre le bolchevisme ? » est écrit d'une main tremblante, comme un titre de leçon. Le sang s'écoule jusqu'au mot « bolchevisme », écrit plus gros.

▶ La **signature** précise que l'affiche est commanditée par le Groupement économique des arrondissements de Sceaux et Saint-Denis, c'est-à-dire les patrons des usines des « banlieues rouges ».

INFO **Les banlieues rouges sont les villes ouvrières autour de Paris, alors attirées par le vote communiste.**

3 *Interpréter l'œuvre*

A Le but visé

▶ Tout est mis en œuvre pour **effrayer les concitoyens** : l'omniprésence du rouge, couleur de la révolution, le couteau acéré…

▶ Ce sont les procédés des affiches du théâtre Grand Guignol qui raffole des effets macabres.

B Une affiche de propagande

▶ Cette affiche de propagande, qui représente le bolchevik comme un danger, a pour but de convaincre les électeurs de **voter contre le bolchevisme** et donc de **voter pour les partis conservateurs**.

▶ De fait, la majorité bascule à droite en 1919 : composée de très nombreux anciens combattants, l'assemblée est dite « bleu horizon », comme la couleur de leur uniforme.

POUR OUVRIR ET CONCLURE

L'affiche a été détournée par le Parti communiste lui-même. Raoul Cabrol dessine l'affiche **« Contre ça ! Votez communiste ! »**, où Hitler est représenté de manière grotesque, tenant un couteau entre ses dents : → *bit.ly/Oral3e_p104*.

Les Temps modernes, Charlie Chaplin (1936)

50

Présentez Les Temps modernes de Charlie Chaplin : évoquez son contexte de création, puis décrivez l'œuvre elle-même avant d'en donner une interprétation personnelle.

■ Charlie Chaplin, *Les Temps modernes*, 1936
Film (noir et blanc). Durée : 97 min. (→ DÉPLIANT III)

1 Situer l'œuvre

▶ Charlie Chaplin (1889-1977) est un cinéaste qui écrit et produit des films dans lesquels il joue. Il en compose également la musique. Ses films sont **comiques** tout en étant **engagés dans la défense des plus faibles.**

▶ Après une enfance difficile en Angleterre où il est né, il reste sensible aux idées communistes aux États-Unis où il vit.

▶ *Les Temps modernes* est le dernier film muet dans lequel apparaît **Charlot**, son personnage de vagabond immédiatement reconnaissable avec sa petite moustache, sa canne et son chapeau.

2 Observer et analyser l'œuvre

A Une journée à l'usine

▶ La **séquence d'ouverture** du film dure 17 minutes. Elle se déroule dans un lieu unique, une usine minutieusement décrite : l'entrée avec les machines à pointer, la salle des machines, le bureau du patron, la chaîne de montage et même les toilettes.

▶ Les personnages sont tous liés au monde de l'usine et l'action est limitée à une journée (unité de temps).

B Un repas mécanisé

▶ La pause-déjeuner est un grand moment de burlesque, où la machine à manger devenue folle martyrise Charlot, impuissant.

▶ L'ouvrier est lui aussi pris de **folie** à cause de la cadence de son travail, toujours accélérée.

3 *Interpréter l'œuvre*

A Le choix du burlesque

▶ Ce film témoigne de la volonté de Chaplin de conserver le caractère burlesque présent dans ses films antérieurs : le rire repose sur le **comique de geste** et sur des situations improvisées, non écrites dans le scénario.

▶ Les gestes répétitifs font rire quand ils deviennent **absurdes**.

B La satire du travail à la chaîne

▶ Le cinéaste se méfie du cinéma parlant : seules quelques paroles sont prononcées par les personnages antipathiques tandis que les ouvriers restent muets.

▶ Chaplin **dénonce**, par la satire, les conditions très dures des travailleurs à la chaîne, traités comme des bêtes par un patron tout-puissant.

POUR OUVRIR ET CONCLURE

Comme *Les Temps modernes*, de nombreux films ont dénoncé la violence subie par les ouvriers dans le monde, parmi lesquels :

- ***Metropolis* de Fritz Lang** (Autriche, 1927) : une femme-robot déclenche la révolution dans une mégapole où la population ouvrière est exploitée.
- ***À nous la liberté* de René Clair** (France, 1931) : film dont Chaplin s'est inspiré et qui dénonce le travail à l'usine où les ouvriers sont habillés comme des détenus.
- ***Les Raisins de la colère* de John Ford** (États-Unis, 1940) : adaptation du roman de J. Steinbeck. Il dénonce la confiscation des terres des paysans américains endettés.

Guernica, Pablo Picasso (1937)

51

Présentez Guernica de Pablo Picasso : évoquez son contexte de création, puis décrivez l'œuvre elle-même avant d'en donner une interprétation personnelle.

■ Pablo Picasso, *Guernica*, 1937. Musée Reina Sofía, Madrid. Huile sur toile. Dim. : 3,51 × 7,82 m. (→ DÉPLIANT IV)

1 Situer l'œuvre

A Pablo Picasso

▶ Pablo Picasso (1881-1973) est né à Barcelone et habite en France à partir de 1904. Ses premières œuvres correspondent à une « période bleue » puis une « période rose ».

▶ Il est avec Braque et Léger à l'origine de la révolution du **cubisme**. Les peintres cubistes peignent les objets et les figures de manière fragmentée, en une multiplicité de facettes.

B Le bombardement de Guernica

▶ Le 26 avril 1937, Picasso est frappé d'horreur en apprenant le bombardement du village de Guernica par la légion nazie Condor, pendant la **guerre civile espagnole**.

INFO C'est pour tester leur technique et leur matériel de guerre que les nazis bombardent les civils, incendiant 70 % de la ville et tuant 1654 personnes.

▶ Le tableau est exposé dans le pavillon républicain de l'Exposition internationale de Paris en 1937.

2 *Observer et analyser l'œuvre*

A Une toile monumentale

▶ *Guernica* est une huile sur toile où le noir, **le blanc et le gris** dominent. La toile, haute de 3,51 m et longue de 7,82 m, représente des personnages torturés, blessés, désespérés.

B La composition et les personnages

▶ La composition du tableau, ensemble chaotique de **formes symboliques, géométriques et fragmentées**, correspond à l'esthétique cubiste : Picasso montre toutes les facettes de chaque personnage à plat, comme s'il dépliait un cube.

▶ Tous les personnages ont la bouche ouverte et regardent vers le ciel d'où sont tombées les bombes.

▶ Au premier plan, un homme est démembré, décapité. Sur la gauche, une femme tient un enfant. Sur la droite, un homme lève les bras vers le ciel. Au milieu se dresse la tête d'un cheval blessé.

3 *Interpréter l'œuvre*

▶ Cette œuvre bouleverse par la **douleur** et la violence qui s'en dégagent.

▶ Elle frappe la mémoire collective par les figures symboliques qu'elle contient (Pietà, taureau, colombe) et le rappel d'autres œuvres fameuses, comme *Tres de Mayo* de Goya.

▶ Plus qu'une peinture historique, ce tableau est une **allégorie**, illustrant, au-delà du drame de Guernica, l'horreur de toutes les guerres.

INFO *Tres de Mayo* de Goya commémore l'exécution de 400 prisonniers espagnols par les soldats de Napoléon en 1808.

POUR OUVRIR ET CONCLURE

- Dans les années 1930, de nombreux artistes se mobilisent contre le fascisme qui s'étend en Europe. Certains vont jusqu'à s'engager dans les Brigades internationales, comme le peintre **André Masson** qui dessine leur fanion.
- Dans *Pour qui sonne le glas* (1940), **Ernest Hemingway** (1899-1961) s'inspire de son expérience de correspondant de guerre américain pendant la guerre d'Espagne.
- **Robert Capa** (1913-1954), reporter, photographie la guerre d'Espagne. Son cliché d'un républicain fauché par une balle est devenu mythique : → *bit.ly/Oral3e_p108*

Le Chant des partisans, J. Kessel, M. Druon, A. Marly (1943)

52

Présentez* Le Chant des partisans *: évoquez son contexte de création, puis décrivez l'œuvre elle-même avant d'en donner une interprétation personnelle.

Ami, entends-tu
Le vol noir des corbeaux
Sur nos plaines ?
Ami, entends-tu
Les cris sourds du pays
Qu'on enchaîne ?
Ohé ! partisans,
Ouvriers et paysans,
C'est l'alarme !
Ce soir l'ennemi
Connaîtra le prix du sang
Et des larmes !

Montez de la mine,
Descendez des collines,
Camarades !
Sortez de la paille
Les fusils, la mitraille,
Les grenades...
Ohé ! les tueurs,
À la balle et au couteau,
Tuez vite !
Ohé ! saboteur,
Attention à ton fardeau :
Dynamite !

C'est nous qui brisons
Les barreaux des prisons
Pour nos frères,
La haine à nos trousses
Et la faim qui nous pousse,
La misère...
[...]

■ Joseph Kessel et Maurice Druon (paroles), Anna Marly (musique)
Le Chant des partisans, 1943

Vous trouverez facilement sur Internet le texte complet ainsi que différentes interprétations de la chanson.

1 *Situer l'œuvre*

▶ *Le Chant de la Libération*, ou *Chant des partisans*, a été écrit à Londres en 1943 par **Joseph Kessel** (1898-1979) et **Maurice Druon** (1918-2009), venus rejoindre les Forces françaises libres (FFL) du général de Gaulle.

▶ Le chant a été mis en musique par **Anna Marly** (1917-2006), chanteuse et guitariste, qui a également rejoint Londres.

▶ Il sert de générique à l'émission *Honneur et Patrie* sur **Radio-Londres**, écoutée clandestinement en France.

2 Observer et analyser l'œuvre

▶ Le chant est construit selon un **tempo régulier**, une même mélodie qui se déroule sur quatre couplets et pas de refrain.

▶ Les vers très courts comportent de nombreux effets de rimes et font référence à l'Occupation : les « corbeaux » représentent les nazis, les restrictions sont évoquées par « la faim ».

▶ Cette construction rend le chant facile à mémoriser. Il se diffuse donc très vite malgré la clandestinité : il devient un véritable **hymne des résistants**, chanté dans les maquis au sein des Forces françaises de l'intérieur (FFI) et sifflé au moment des exécutions.

3 Interpréter l'œuvre

A Un appel au rassemblement de tous

▶ Le chant glorifie la Résistance au moment où elle s'intensifie et s'organise. Il appelle à l'**action collective** tout en exprimant l'**espoir** (usage du futur simple de l'indicatif).

▶ Il s'adresse directement à tous les résistants (« partisans, ouvriers et paysans »), sans restrictions politiques ou sociales.

B Une portée intemporelle et universelle

▶ Les images et les champs lexicaux très forts, notamment celui de la mort, suscitent l'émotion (**tonalité lyrique**) mais aussi l'admiration et l'enthousiasme (**tonalité épique**).

▶ Repris de très nombreuses fois dans différents contextes politiques, le chant a une portée intemporelle. Il exprime la **lutte universelle contre la tyrannie**.

POUR OUVRIR ET CONCLURE

• ***Le Chant des partisans*** a une longue postérité. Il est une ode à la liberté et à l'insoumission. On peut écouter une version moderne comme celle de Zebda (2001) dans l'album *Motivés*.

• Moins célèbre, ***La Complainte du partisan***, mise en musique par Anna Marly et écrite par Emmanuel d'Astier de la Vigerie, a été reprise par Joan Baez puis par Leonard Cohen en 1969 *(The Partisan)*.

• ***L'Affiche rouge*** de Léo Ferré, d'après le poème « Strophes pour se souvenir » de Louis Aragon, célèbre les résistants du groupe Manouchian, fusillés en 1944.

L'Armée des ombres, Jean-Pierre Melville (1969)

53

Présentez le film L'Armée des ombres *: évoquez son contexte de création, puis décrivez l'œuvre avant d'en donner une interprétation personnelle.*

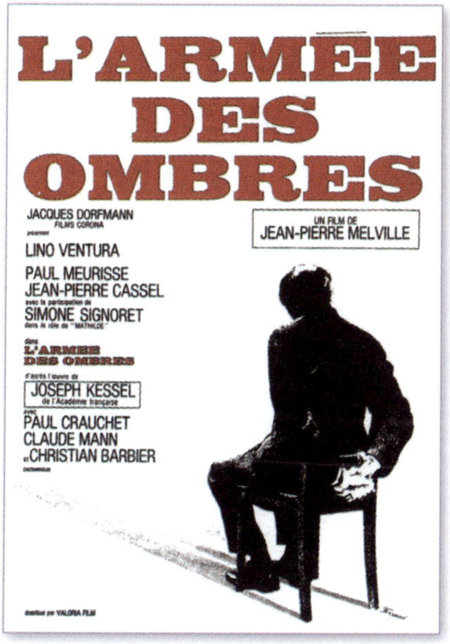

■ Jean-Pierre Melville, *L'Armée des ombres*, 1969. Adapté du roman de Joseph Kessel (1943). Film (couleur). Durée : 139 min.

1 Situer l'œuvre

▶ Jean-Pierre Melville (1917-1973) est un cinéaste français considéré comme le **père spirituel de la Nouvelle vague**, car il réalise ses films à la manière d'un reportage.

▶ Le film *L'Armée des ombres* est l'adaptation fidèle du **roman de Joseph Kessel** (1943), ancien résistant comme Melville.

> INFO **La Nouvelle vague est un mouvement du cinéma français des années 1960 caractérisé par la liberté revendiquée par les réalisateurs pour tourner leurs films.**

▶ Il sort en 1969, dans un contexte politique mouvementé, et il est assez mal reçu : dans la foulée de **Mai 68**, le général de Gaulle n'apparaît plus comme un héros libérateur ; il est devenu impopulaire.

2 Observer l'œuvre

A Le quotidien des résistants

▶ Le film présente le quotidien des résistants et des Français sous l'**Occupation**, en 1942, alors que la France est divisée en deux zones. Ils vivent dans le secret permanent et l'angoisse. Ils doivent changer d'identité, se cacher, agir dans l'ombre.

▶ Le film montre également le fonctionnement d'**un réseau de Résistance** organisé.

B Les personnages

▶ Les personnages sont inspirés de véritables résistants (Jean Moulin et Lucie Aubrac).

▶ Le film donne à voir la force héroïque des personnages mais aussi leurs difficultés, leur solitude, leur peur. Tous les personnages meurent avant la fin de la guerre.

3 Interpréter l'œuvre

▶ Le but de Melville n'est pas de glorifier la Résistance mais de montrer toute **l'humanité** de ces personnages courageux aux convictions inébranlables, dont les actions révèlent la psychologie.

▶ Le film frappe par sa **sobriété** : économie de plans et de dialogues, de musique, de couleurs.

▶ Il montre les **actions héroïques**, suscitant l'admiration (tonalité épique), provoquant le suspense (tonalité dramatique) et l'émotion (tonalité lyrique).

POUR OUVRIR ET CONCLURE

- **Entre 1946 et 1957**, en pleine guerre froide, on insiste sur la résistance extérieure et l'armée : *La Traversée de Paris* de Claude Autant-Lara (1956).
- **Avec l'arrivée au pouvoir du général de Gaulle en 1958**, les films sur la Résistance se multiplient : *Paris brûle-t-il ?* (1966), *La Grande vadrouille* (1966), *L'Armée des ombres* (1969). *Le Chagrin et la pitié* (de M. Ophüls et A. de Sédouy), en 1971, montre que les résistants n'étaient qu'une minorité.
- **À partir des années 1990**, le cinéma se fait hommage (*Lucie Aubrac*, 1997), nostalgie (*Monsieur Batignolles*, 2002), questionnement (*Effroyables Jardins*, 2003).

BILAN express 54

1910-1945 : L'art entre propagande et libertés

LE CONTEXTE

Un peu d'histoire...

▶ La première moitié du XXe siècle est une **période troublée** en Europe et dans le monde. Les atrocités des deux conflits mondiaux marquent profondément les esprits.

▶ En 1945, **l'Europe est coupée en deux blocs** (Ouest et Est) et la mise en place de gouvernements communistes en URSS et dans les pays de l'Est provoquent soit un rejet total soit un grand enthousiasme.

▶ Parallèlement, de profonds changements affectent la société : **industrialisation** et **production de masse** changent la manière de travailler et dépersonnalisent les relations entre patrons et employés.

Et l'art dans tout ça ?

L'art au service de la propagande

▶ Les gouvernements autoritaires ou totalitaires utilisent l'art comme moyen pour **promouvoir leurs idées** et **nourrir le culte de la personnalité** du chef de l'État : monuments, affiches et films de propagande manipulent l'information pour glorifier le régime en place.

▶ Les artistes qui ne correspondent pas au système de pensée du pouvoir sont censurés, parfois arrêtés ou persécutés. Dans l'Allemagne d'Hitler, l'art moderne est qualifié d'**art « dégénéré »** et interdit.

■ *Il était une fois un maréchal de France*, de Paluel Marmont, illustration de Paul Rousseau, 1940-1944

L'art au service de la liberté

▶ D'autres artistes, au contraire, font de leur art un **outil de lutte** pour la liberté et dénoncent la dictature et la guerre.

▶ Certains se mettent au service des opposants aux régimes totalitaires en utilisant les mêmes techniques que les artistes de propagande. D'autres s'engagent pour **éveiller les consciences** notamment durant l'Occupation en France.

■ Bande dessinée de Edmond-François Calvo, 1944.

MOUVEMENTS CLÉS

▶ **Le surréalisme**

Ce mouvement qui a touché tous les arts prône l'utilisation des forces psychiques (rêves, automatismes, inconscient) au lieu de la raison.

■ *Les Amants*, René Magritte. Huile sur toile, 54 × 73,4 cm, 1928, Musée d'art moderne, New York.

▶ **L'art abstrait**

L'art abstrait est un mouvement international qui traverse le XXᵉ siècle. Il rompt avec l'idée de l'art comme imitation de la nature et représente les formes et les couleurs pour elles-mêmes.

■ *Jaune – Rouge – Bleu*, Vassily Kandinsky. Huile sur toile, 128 × 201,5 cm, 1925, Musée d'art moderne, Paris.

Bilan express

La *Cité radieuse*, Le Corbusier (1947-1952)

55

Présentez la Cité radieuse du Corbusier : évoquez son contexte de création, puis décrivez l'œuvre elle-même avant d'en donner une interprétation personnelle.

■ Le Corbusier, *Cité radieuse*, 1947-1952. Marseille, 280 boulevard Michelet.

1 *Situer l'œuvre*

A Le Corbusier

▶ L'architecte Charles-Édouard Jeanneret (1887-1965), dit Le Corbusier, est né en Suisse. Il construit d'abord des **villas individuelles** avant de s'intéresser au **logement social**.

▶ Il construit également des **bâtiments publics**, une église, un couvent et un cinéma. Après les destructions de la Seconde Guerre mondiale, la France a besoin de logements neufs.

B La *Cité radieuse*

▶ À Marseille, entre 1947 et 1952, Le Corbusier construit un immeuble d'habitation d'un genre nouveau, la *Cité radieuse*. Il propose un logement social conçu dans **un souci de rationnel et de fonctionnel** : pour lui, « une maison est une machine à habiter ».

▶ Il se préoccupe aussi du bonheur de chacun et conçoit chaque appartement sur le principe d'une villa individuelle. Il en construira quatre autres sur le même modèle.

2 Décrire l'œuvre

A Un bâtiment sur pilotis

▶ La *Cité radieuse* est une **longue barre rectangulaire** de 18 niveaux qui contient 337 appartements.

▶ L'architecte y a aménagé des espaces communs, conformément à son souhait de créer « une ville dans la ville » : des magasins, une piscine, une école maternelle sur le toit-terrasse. L'**espace** et la **lumière** sont privilégiés.

B L'application de principes architecturaux

▶ Le Corbusier met ici en œuvre ses principes architecturaux. Ses **« cinq points pour une architecture moderne »** sont respectés : le plan libre, les pilotis, la façade libre, les fenêtres en longueur et le toit-terrasse.

▶ Il utilise pour la construction de l'immeuble le **principe du DOMINO**, c'est-à-dire une trame de poteaux en béton dans laquelle s'insèrent les planchers et les façades. Les dimensions sont calculées sur la base du **modulor**, une unité de mesure conçue par l'architecte.

3 Interpréter l'œuvre

▶ La *Cité radieuse* est **résolument moderne**, par le choix du matériau (le béton), mais aussi parce que montrer l'aspect fonctionnel d'un bâtiment, au lieu de le cacher, est très nouveau pour l'époque.

▶ Les nouveaux principes architecturaux du Corbusier ne plaisent pas à tout le monde. L'**« Unité d'habitation »** est à l'époque l'objet de critiques et de polémiques. Une partie des Marseillais baptisent la *Cité radieuse* « La Maison du fada » (du « fou »).

▶ Aujourd'hui, même si le style du Corbusier n'est pas apprécié par tous, l'architecte est reconnu comme étant l'un des plus importants du XXe siècle. Classée au titre des **monuments historiques**, sa *Cité radieuse* est toujours habitée.

POUR OUVRIR ET CONCLURE

Les autres réalisations importantes du Corbusier : la villa Savoye à Poissy (1928) ; la Chapelle Notre-Dame-du-Haut à Ronchamp (1950-1955) ; l'Unité d'habitation de Firminy (1960).
Pour en savoir plus : *www.fondationlecorbusier.fr*.

Affiche Perrier, Raymond Savignac (1949-1955)

56

Présentez l'affiche Perrier de Raymond Savignac : évoquez son contexte de création, puis décrivez l'œuvre elle-même avant d'en donner une interprétation personnelle.

Raymond Savignac,
Affiche Perrier, 1949-1955.
Peinture sur papier découpé.
Dim. : 160 × 120 cm.

1 Situer l'œuvre

A Raymond Savignac

▶ Raymond Savignac (1907-2002) est un **affichiste** français. Après avoir suivi des cours de dessin industriel, il enchaîne les petits boulots.

▶ Il rencontre le succès avec l'affiche Monsavon (1949) : sa carrière est lancée, les commandes affluent. Ses affiches sont souvent teintées d'**humour** et d'**optimisme**.

B Le contexte de la réalisation de l'affiche

▶ Cette affiche est créée après la Seconde Guerre mondiale, pendant les années de prospérité économique des **Trente Glorieuses** : elles voient la naissance de la consommation de masse et l'explosion de la publicité.

INFO Les Trente Glorieuses correspondent aux années de croissance économique mondiale entre 1945 et 1973.

▶ Les courants artistiques d'avant-garde et les différents genres (peinture avec le fauvisme, le cubisme et le futurisme, cinéma…) sont alors une source d'idées très riche pour les publicitaires.

2 Observer l'œuvre

A La composition et les couleurs

▶ L'affiche représente un personnage à l'air épanoui qui tient une bouteille de Perrier. L'original utilise la **technique du papier peint et découpé**, utilisé par le peintre Henri Matisse.

▶ Les formes sont **géométriques et stylisées**, sauf pour la bouteille, immédiatement identifiable. Le personnage est peint en rouge, le fond en bleu ciel.

B Le personnage

▶ Le regard est attiré par le personnage, qui semble rire et danser. Ses bras dirigent le regard **vers la bouteille** dans l'angle supérieur gauche, ainsi que **vers la marque et le slogan** « Perrier, l'eau minérale gazeuse naturelle » dans l'angle inférieur.

▶ La **signature** de l'affichiste est en haut, à droite. Les bulles qui jaillissent de la bouteille fermée ressemblent à des confettis.

3 Interpréter l'œuvre

A Le message, reflet d'un art de vivre

▶ Les symboles, les formes et les couleurs définissent les qualités de l'eau : douceur et pétillant, rondeur et piquant. La **joie de vivre** et le dynamisme du personnage sautent aux yeux, reflétant un art de vivre très positif.

▶ Le message est clair : le buveur de Perrier se sent bien et aborde le monde avec sérénité et dynamisme.

B Un talent de peintre

▶ S'inspirant des courants artistiques d'avant-garde, Savignac crée un personnage stylisé qui rend l'affiche extrêmement lisible et expressive et donne **une impression de mouvement**.

▶ Cette affiche est restée célèbre car elle a été réalisée à la main par le graphiste qui manifeste ici un véritable talent de peintre.

POUR OUVRIR ET CONCLURE

- **D'autres affiches de Savignac :** *bit.ly/Oral3e_p118a.*
- **Une autre affiche de la marque Perrier par Salvador Dalí :** *bit.ly/Oral3e_p118b.*

La Complainte du progrès, Boris Vian (1956)

57

Présentez* La Complainte du progrès *de Boris Vian : évoquez son contexte de création, puis décrivez l'œuvre elle-même avant d'en donner une interprétation personnelle.

Autrefois pour faire sa cour
On parlait d'amour
Pour mieux prouver son ardeur
On offrait son cœur
Aujourd'hui, c'est plus pareil
Ça change, ça change
Pour séduire le cher ange
On lui glisse à l'oreille
Ah ? Gudule !

Viens m'embrasser
Et je te donnerai
Un frigidaire
Un joli scooter
Un atomixer
Et du Dunlopillo
Une cuisinière
Avec un four en verre
Des tas de couverts
Et des pell' à gâteaux
Une tourniquette
Pour fair' la vinaigrette
Un bel aérateur
Pour bouffer les odeurs

Des draps qui chauffent
Un pistolet à gaufres
Un avion pour deux
Et nous serons heureux

Autrefois s'il arrivait
Que l'on se querelle
L'air lugubre on s'en allait
En laissant la vaisselle
Aujourd'hui, que voulez-vous
La vie est si chère
On dit : rentre chez ta mère
Et l'on se garde tout
(Ah ! Gudule)
[...]

■ Boris Vian (paroles), Alain Goraguer (musique),
La Complainte du progrès, 1956 © Warner Chapell Music France.

Vous trouverez facilement sur Internet le texte complet ainsi que différentes interprétations de la chanson.

1 *Situer l'œuvre*

▶ Boris Vian (1920-1959) est **un artiste aux talents multiples** et à la santé fragile. Trompettiste, il joue dans un orchestre de jazz et écrit les paroles de ses chansons. En 1954, il rencontre **Alain Goraguer** (né en 1931), qui met en musique ses paroles.

▶ La chanson est écrite au début des Trente Glorieuses, au moment où naît la **société de consommation**, portée par les **arts ménagers**.

2 Observer et analyser l'œuvre

▶ Les paroles dressent un parallèle entre le passé et le présent, décrivant les **conséquences de l'évolution de la société sur la vie amoureuse**.

▶ Les refrains sont composés d'une **longue énumération amusante** : une série de noms d'objets dédiés à la cuisine ou au ménage, réels ou inventés, parfois sous forme de **mot-valise**.

> INFO Un mot-valise est un mot nouveau formé à partir du début et de la fin de deux mots, souvent utilisé par les poètes.

▶ L'orchestre de jazz est divisé en deux sections, rythmique et mélodique. La trompette ponctue les fins de phrase quand le piano accompagne la voix.

3 Interpréter l'œuvre

A Une chanson humoristique

▶ La musique jazz composée par Alain Goraguer est inspirée des musiques des Caraïbes et souligne **la malice des mots** en jouant sur le rythme, avec des ralentissements suivis de nettes accélérations.

▶ Les paroles **critiquent la soif de progrès technique** de la population, l'entraînant à acheter des objets répondant à des besoins le plus souvent ridicules.

B De la satire au désespoir

▶ Malgré l'humour et la musique entraînante, la description est en fait **pessimiste**. Tout romantisme est impossible dans la société de consommation.

▶ Une **complainte** est d'ailleurs normalement une chanson triste, voire tragique : malgré le rythme joyeux de la chanson, la réflexion de Boris Vian sur la nature humaine y est amère.

POUR OUVRIR ET CONCLURE

La critique de la société de consommation est un thème fréquemment abordé dans les arts depuis la seconde moitié du XXe siècle.

- ***Mon oncle*** **de Jacques Tati (1958)** : film qui décrit avec humour le quotidien d'une famille dans une maison pleine d'innovations…
- ***Supermarket Lady*** **de Duane Hanson (1969)** : sculpture hyperréaliste qui représente une Américaine avec des bigoudis dans les cheveux poussant un Caddie débordant de nourriture (→ FICHE 61).

Just What Is It That Makes Today's Homes So Different, So Appealing?, Richard Hamilton (1956)

58

Présentez* Just What Is It That Makes Today's Homes So Different, So Appealing? *de Richard Hamilton : évoquez son contexte de création, puis décrivez l'œuvre elle-même avant d'en donner une interprétation personnelle.

■ Richard Hamilton, *Just What Is It That Makes Today's Homes So Different, So Appealing?*, 1956. Musée Kunsthalle, Tübingen, Allemagne. Collage. Dim. : 26 × 23,5 cm. (→ DÉPLIANT V)

1 *Situer l'œuvre*

▶ Richard Hamilton (1922-2011) est un artiste anglais. Après des études d'art, il utilise la peinture, la gravure et la photographie. Il puise son inspiration dans l'observation de la **société de consommation**.

▶ Ce collage, présenté en 1956 à Londres, lors de l'exposition « This is Tomorrow », est considéré comme la première œuvre reconnue du **pop art**, abréviation de *popular art* : art populaire.

> INFO Le pop art considère que la culture populaire (bande dessinée, publicité, séries B…) fait partie de la création artistique contemporaine et l'intègre.

▶ Il est représentatif de son époque qui voit naître la **culture de masse**, à travers les médias, le cinéma et la publicité. C'est aussi l'ère du progrès technique mis à la disposition de tous, notamment dans le domaine des arts ménagers.

2 *Observer et analyser l'œuvre*

▶ L'œuvre, dont on peut traduire le titre par « Au fait, qu'est-ce qui rend les foyers d'aujourd'hui si différents, si attirants ? », est un collage de photographies découpées dans des magazines américains, principalement de **publicités**.

▶ Il présente un intérieur moderne (aspirateur, magnétophone…) et un couple qui se met en scène dans un **rapport nouveau au corps** (corps musclé qu'on exhibe, corps nu de la femme).

▶ Le collage est **représentatif de l'univers propre au pop art**, avec une évocation appuyée de l'univers des médias et de la publicité (journal, façade de cinéma derrière la vitre…).

3 *Interpréter l'œuvre*

A Humour et modernité

▶ L'œuvre de Hamilton est remplie d'**humour**. On le voit dans le titre, qui reprend une accroche publicitaire de 1955 d'une société spécialisée dans l'aménagement des sols, et dans la composition, mise en scène joyeuse de la modernité.

▶ L'abondance d'objets, le choix du matériau (publicités de magazine) sont un autre indice d'une évocation par l'humour de la **société de consommation**.

B Un manifeste du pop art

▶ Il s'agit presque ici d'un **manifeste du pop art**, où sont rassemblés tous les éléments qui constituent sa spécificité : l'univers de la publicité, des médias et de la consommation et son intégration dans la création artistique.

▶ L'aspect grotesque de l'homme est ainsi souligné par l'énorme sucette « pop » qu'il tient dans les mains : *lollipop* qui veut dire sucette en anglais mais aussi « pop » pour *popular*.

POUR OUVRIR ET CONCLURE

Pour découvrir le pop art américain :

- **Andy Warhol** (1928-1987), chef de file du pop art américain (*Campbell's Soup Cans, Diptyque Marilyn*) : → *bit.ly/Oral3e_p122a.*
- **Roy Lichtenstein** (1923-1997), peintre et sculpteur américain, principalement connu pour ses œuvres qui reprennent des cases de *comics* (BD américaines) en grand format.

Electronic Superhighway, Nam June Paik (1995)

59

Présentez* Electronic Superhighway: Continental U.S., Alaska, Hawaii *de Nam June Paik : évoquez son contexte de création, puis décrivez l'œuvre elle-même avant d'en donner une interprétation personnelle.

■ Nam June Paik, *Electronic Superhighway: Continental U.S., Alaska, Hawaii*, 1995. Smithsonian Art Museum, Washington DC, États-Unis. Installation vidéo, néons, téléviseurs, métal et bois, composants électroniques. Dimensions : 12,20 x 1,20 x 4,60 m. (→ DÉPLIANT VI)

1 *Situer l'œuvre*

A Nam June Paik

▶ Nam June Paik (1932-2006), né à Séoul, est un **artiste coréen installé aux États-Unis** à partir de 1964, après avoir fui la guerre en 1950 et étudié au Japon et en Allemagne.

▶ **Créateur de l'art vidéo**, il considère les téléviseurs comme des outils artistiques : il veut « façonner l'écran de télé aussi librement que Picasso ».

B *Electronic Superhighway*

▶ *Electronic Superhighway* est une installation vidéo composée de néons et de téléviseurs. Elle a été réalisée en 1995.

▶ L'œuvre se trouve à la **National Portrait Gallery de Washington**, qui conserve des œuvres à la gloire des grands hommes qui ont façonné l'histoire du pays. Nam June Paik rend ainsi hommage à sa façon aux États-Unis, son pays d'adoption.

2 Observer et analyser l'œuvre

A Une carte aux dimensions des États-Unis

▶ Cette **installation** de très grand format (4,60 m de haut, 12,20 m de long, 1,20 m de profondeur) forme une carte des États-Unis.

▶ Les **néons** de couleur vive délimitent les frontières des États américains et rappellent ceux des motels, typiques de l'Amérique populaire des années 1950-1960.

B Des vidéos pour chaque État

▶ Des extraits vidéo de films ou de programmes télévisuels ayant pour sujet les États américains passent en boucle dans **313 moniteurs de télévision**.

▶ Les couleurs et les sons sont travaillés par l'artiste : le rendu visuel et sonore est confus en vue d'ensemble, mais plus clair quand on observe chaque État.

3 Interpréter l'œuvre

▶ Cette **sculpture sonore** s'inspire de l'univers des autoroutes (couleurs criardes et vitesse) qui ont fasciné l'artiste lors de son installation dans ce pays.

▶ *Electronic Superhighway* rend hommage à la culture populaire américaine. C'est **un portrait de l'Amérique par elle-même** à travers sa représentation par les médias.

▶ L'installation questionne aussi le spectateur et sa relation aux médias qui donnent une vision déformée, remplie de **clichés**, de la réalité et nous invite à nous en méfier.

POUR OUVRIR ET CONCLURE

Dans la seconde moitié du XXe siècle, les artistes du pop art et du Nouveau Réalisme européen utilisent des éléments de la culture populaire ou des objets manufacturés pour créer leurs œuvres.

- **Andy Warhol** (1928-1987) : → FICHE 58.
- **Roy Lichtenstein** (1923-1997) : → FICHE 58.
- **César Baldaccini** (1921-1998), dit César : sculpteur français, nouveau-réaliste, il utilise pour ses *Compressions* des voitures écrasées.

The Ruins of Detroit, Y. Marchand et R. Meffre (2005-2010)

60

Présentez* The Ruins of Detroit *d'Yves Marchand et Romain Meffre : évoquez son contexte de création, puis décrivez l'œuvre elle-même avant d'en donner une interprétation personnelle.

■ Yves Marchand et Romain Meffre, *St Christopher house, ex-Public Library,* Détroit, 2005-2010. Photographie.

1 Situer l'œuvre

A Yves Marchand et Romain Meffre

▶ Yves Marchand (né en 1981) et Romain Meffre (né en 1987) forment un **duo de photographes** français adeptes de l'exploration urbaine. Ils découvrent d'abord les sous-sols de Paris puis les **ruines de bâtiments** construits au XXe siècle qu'ils photographient dans le monde entier.

▶ La série *The Ruins of Detroit* est leur premier projet. Cette série de photographies en couleurs leur a procuré une renommée mondiale immédiate.

B Le déclin de la ville de Détroit

▶ Détroit est la plus grande ville du Michigan (États-Unis). **Ancienne capitale automobile**, elle a connu une croissance très rapide suivie par un fort déclin, économique et démographique.

▶ Ayant accueilli jusqu'à deux millions d'habitants, elle a perdu les deux tiers de sa population en 50 ans et s'est déclarée en **faillite**. De nombreux bâtiments modernes sont laissés à l'abandon.

2 Observer et analyser l'œuvre

▶ Les lieux photographiés en couleur datent du XXe siècle et sont connus de tous : théâtre, bibliothèque, cinéma… Ce sont des **ruines très récentes** et proches du spectateur.

▶ La vie a disparu de ces **lieux désertés**. Elle n'apparaît qu'indirectement ou sous forme de trace d'une activité passée : des livres restent dans les rayons de la bibliothèque de la *St Christopher House*.

▶ Ces lieux autrefois splendides sont maintenant délabrés, parfois pillés. Une catastrophe semble avoir eu lieu. Une atmosphère de **fin du monde** domine.

3 Interpréter l'œuvre

▶ Les photographes portent un **regard neutre** sur Détroit. Ils documentent la chute économique de la ville à travers son architecture, en indiquant simplement le lieu pris en photographie.

▶ Ces photographies sont des sortes de vanités, témoignant de l'orgueil de l'esprit humain qui vise l'éternité dans son architecture et oublie la chute des temps. Elles nous rappellent la **fragilité de notre civilisation**.

▶ La mélancolie frappe le spectateur dans ces visions d'apocalypse qui touchent au sentiment contradictoire du **sublime**.

INFO **Le sublime est un sentiment extrême, au-delà du beau, né de l'étonnement face au mélange du passé, du présent et du futur.**

Pour ouvrir et conclure

Certains artistes intègrent dans le monde contemporain des visions de bâtiments de leur époque mais en ruines, nous faisant réfléchir sur le caractère périssable de notre temps.

- ***Vue imaginaire de la Grande Galerie du Louvre en ruines*** (1795) du peintre français Hubert Robert.
- Les **magasins Best**, construits entre 1971 et 1984 par l'américain James Wines.
- **Monumenta** (2007), exposition du peintre et sculpteur allemand Anselm Kiefer.

BILAN express 61

Depuis 1945 : Les arts à l'ère de la consommation de masse

LE CONTEXTE

Un peu d'histoire...

▸ Passées les quelques années difficiles d'après-guerre, la France et l'Occident entrent dans une période exceptionnelle de **croissance démographique et économique.**

▸ Les pays occidentaux se modernisent et la hausse du pouvoir d'achat permet aux ménages de s'équiper (voiture, télévision, électroménager). On assiste à une **amélioration globale du niveau et des conditions de vie.** Les femmes s'émancipent progressivement en accédant à l'emploi, ce qui leur donne de nouveaux droits. La natalité repart à la hausse, c'est le *baby-boom*, qui alimente également la croissance.

▸ Peu à peu, l'Occident entre dans l'ère de la **consommation de masse** et l'art va témoigner de ces changements.

Et l'art dans tout ça ?

▸ Après 1945, le centre de la création artistique se déplace à New York. L'expression **« Art contemporain »**, qui désigne généralement la période de 1945 à nos jours, regroupe de nombreux courants et s'étend à tous les domaines.

▸ L'art contemporain se caractérise notamment par des expérimentations, parfois éphémères, un recours à la technologie (surtout à partir des années 1980) et un intérêt pour les **objets de la vie quotidienne.**

▸ Les artistes remettent en cause **la définition même de l'œuvre d'art** et utilisent la société de consommation comme source d'inspiration, pour la représenter ou pour en dénoncer les excès.

MOUVEMENTS CLÉS

▶ L'expressionnisme abstrait

L'expressionnisme abstrait se développe aux États-Unis dans les années 1950-1960. Les artistes s'expriment par le geste, la couleur, la matière : Jackson Pollock (1912-1956) invente une nouvelle façon de peindre en jetant la peinture sur des toiles étendues au sol. Il utilise de la peinture industrielle.

■ *Autumn Rhythm (Number 30)*, Jackson Pollock (1950).

▶ Le pop art

- Ce n'est pas un mouvement structuré mais une tendance née d'expériences personnelles d'artistes comme Andy Warhol, Roy Lichtenstein, Richard Hamilton ou Keith Haring.
- « Pop » signifie populaire : les artistes veulent rendre les œuvres accessibles à tous en utilisant ou en détournant les objets du quotidien, les personnages publics, la publicité ou les médias de leur époque (ex. : *Crying Girl* de Roy Lichtenstein, 1963).

▶ L'hyperréalisme

Ce mouvement artistique et pictural de la fin du XXe siècle consiste en la reproduction à l'identique d'une image en peinture ou en sculpture.

■ *Supermarket Lady*, Duane Hanson (1969).